좌충우돌
영업+어린이 영린이의
제약영업 이야기

20대 소녀가장 에세이

좌충우돌 영린이의 제약영업 이야기

영업+어린이

신은주 지음

좋은땅

차례

영린이의 제약영업 첫걸음

계획에도 없던 제약영업을 하다

- 허무하게 끝난 첫 병원, 첫 면담

"오전 9시 23분……"

벌써 20분째다.

서울 도봉구 2층에 위치한 ○○○내과 입구 앞. 현관문 손잡이만 만지다 말다 반복하는 내 모습이 스스로도 우스웠다.

모자(母子)지간으로 보이는 할머니와 아저씨는 수상한 여자를 본 듯한 눈빛으로 이쪽을 힐끔 쳐다보고는 병원 안으로 들어갔다.

"인사팀으로 지원하긴 했지만…… 영업 한번 해 볼래요?"

2주 전 어느 제약회사의 인사팀으로 면접을 보던 중 갑작스레 받은 인사팀장의 제안이었다.

'아. 내가 그때 왜 예스를 했을까!'

한번 해 보겠다고, 당차게 네!를 외친 과거의 내가 괜시리 야속하게 느껴졌다.

그렇다. 오늘은 살면서 생각해 보지도 못한, 계획에도 없었던 '제약영업'에 뛰어든 첫날이다. 차마 병원에 들어갈 용기가 나지 않아 현관문 손잡이만 만지다 말다를 반복하고 있는 중이었다. 입사한 지 이제 고작 일주일. 약에 '약'자도 모르는 내가 거래처 의사에게 어떤 말로 서두를 꺼내야 할지 갈피가 잡히지 않았다.

'그냥 간단한 인사만 드리고 나올까?'

'아니야, 내가 괜한 시간만 뺏는 건지도 몰라.'

'약에 대해 질문하면 어떡하지? 내가 답변할 수 있을까?'

'그냥 다음에 올까? 안돼. 콜 이미 찍었잖아.'

참고로, 우리 회사는 영업사원이 태블릿을 가지고 다니면서 어느 병원에 언제 방문해서 어떤 성과를 냈는지 등록하는 시스템이었는데 이런 방식을 콜(Call)이라고 한다. 면담이 끝나고 콜 등록을 했어야 하는데 바보같이 병원을 오자마자 [방문했음]으로 등록부터 한 것이다.

'눈 한번 찔끔 감고 이 문만 당겨 보는 거야!'

겨우 문을 열자 병원 대기실에는 10명 정도의 환자와 분주히 움직이는 간호사, 병원직원들이 보였다.

"안녕하세요. ○○제약회사 영업사원 신은주라고 합니다. 혹시 원장님과 면담이 가능할까요?"

"언제 담당자가 바뀌었지……"

혼잣말을 하던 접수처의 간호조무사는 흘깃 나의 명함을 보더니 잠시만 앉아서 기다리라 하고 주사실로 들어갔다.

쭈뼛쭈뼛 대기실 소파에 앉은 후, 가방에서 제품 리플렛(Leaflet)을 꺼냈다. 제품명, 성분, 용법용량, 효능의 내용을 다시 한번 쭉 훑어보았다.

"□□제약 들어오세요~!"

정장을 빼입은 30대 후반의 남자가 진료실로 성큼성큼 들어갔다.

그제서야 검은색 정장을 입은 3명의 남자가 대기실에 앉아 있는 모습이 보였다. 신입사원인 내가 봐도 '제약회사 영업사원'이었다. 긴장 가득 각을 잡고 앉은 나와 달리 그들은 마치 이런 대기는 늘 있는 일이라는 듯 핸드폰 게임을 하거나, 신문을 보거나, 테이크아웃한 커피를 들고 있는 등 여유로워 보였다.

'저분들은 약에 대해 잘 아니까 저렇게 여유롭겠지? 나는 언제쯤 저들처럼 여유롭게 대기할 수 있을까?'

"ㅇㅇ제약 들어오세요~!"

드디어 내 차례가 왔다. 진료실 문을 열자 안경을 쓴 40대의 남자 의사가 앉아 있었다. 동네에서 흔히 볼 수 있는 전형적인 내과의사의 모습이었다.

"아! 담당자가 여자 분으로 바뀌었었나? 기억이 잘 안 나네. 앞으로 잘 부탁해요."

"아 네 원장님! 앞으로 열심히 하겠습니다. 잘 부탁드립니다."

"네. 제가 좀 바빠서. 다음에 또 봐요."

"네?"

"왜요? 뭐 더 할 말 있어요?"

"아……! 아닙니다! 다음에 또 인사드리겠습니다!"

어안이 벙벙했다. 그렇게 긴장하고 병원에 들어오기까지 몇번을 망설였었는데 이게 끝이란 말인가? 허무함이 밀려오는 한편, 의학분야라든가 약과 관련된 이야기를 하지 않아서 내심 다행(?)이라는 생각이 동시에 들었다.

시계를 보니 어느덧 1시간이 훌쩍 지나 있었다. 대기실에 앉아 있던 1시간, 정작 의사의 얼굴을 본 지는 30초도 안되어 내 첫 병원, 첫 면담이 이렇게 허무하게 끝나 버린 것이다.

병원 건물을 나오니 9월 중순의 가을을 알리듯 쌀쌀한 바람이 코트 안을 헤집고 지나갔다.

'말 한마디도 제대로 못하는 내가 앞으로 약을 팔 수 있을까? 영업을 할 수 있을까?'

앞으로의 일들이 막막하게만 느껴졌다. 깊은 한숨이 밀려왔다.

2016년 11월. 신입사원 입문교육 중 열심히 공부하는 척!
어머니가 돌아가시기 3일 전이었다.

2화

낮에는 병원에 일하러, 밤에는 병원에 간병하러

입사하고 3개월간은 근무가 끝나면 발 뻗고 편히 쉴 수 있는 포근한 집으로 퇴근을 하는 것이 아닌, 성동구의 한 병원으로 향했다. 낮에는 영업하러, 밤에는 간병하러 병원에 가는 아이러니한 하루가 반복되었다.

당시 어머니는 간암 말기 환자였다. 6개월 정도 항암치료를 했지만 효과는 잠깐이었고 폐로 전이되었다. 항암제의 부작용 때문인지 음식 섭취가 힘들어 하루가 다르게 말라가고 있었다. 시시때때로 오는 암성통증으로 울부짖거나 기절하기도 자주였다. 서울아산병원 응급실을 일주일에 한 번꼴로 들락날락거리던 시기였다. 폐에 물이 차면서 점차 호흡이 힘들어 누워서 자지 못하고 앉아서 자는, 말 그대로 성한 곳 하나 없는 어머니였다. 결국 집에서 간병을 할 수 없어 성동구의 한 병원에 입원하여 통증조절을 하며 수액을 맞으며 하루하루 버티고 계셨던 것이다.

간병을 분담할 수 있는 언니, 동생이 있었다면 좋았겠지만 난 외동딸이었다. 아버지는 10살 때 어머니와 이혼을 하여 그 후 서로 소식도 모르고 살았다가 사고로 돌아가셨다는 소식을 우연히 알게 되었다. 아버지가 교통사고로 돌아가시고 1년도 채 안되어 어머니는 암환자가 된 것이다. 다행히 어머니의 형제자매 우애는 좋았었기에 서울 왕십리에 사는 이모가 낮에는 어머니 간병을 도와주어 그나마 일을 할 수가 있었다. 퇴근을 한 후 저녁에는 병원의 보조침대에서 자고 다음날 아침에 출근을 하며 지냈다.

어느 누구든 신입사원이면 모두 열심히 하겠지만 나는 남들보다 더 절박한 상황이었다. 나는 집안의 가장이었다. 게다가 1년 전 경영 악화로 퇴사한 회사에서 4개월 치 월급과 퇴직금을 그때까지도 받지 못한 상황이었다.

그나마 모아 놓은 돈도 항암치료와 생활비로 다 써 갔고 신용카드로 빚을 지고 있었다. 그래서 누구보다 더 열심히 해서 돈을 벌어야 했다. 돈을 많이 벌어서 외국에 있다는 비싼 항암치료를 받게 해 주고 싶었다.

거래처 병원 의사들을 만날 때는 활발하게 웃으며 씩씩한 모습을 보이는 영업사원이었지만 병원 밖을 나온 나는 그저 여명이 얼마 남지 않은 암환자를 둔 가족이었다. 점심식사를 하다가도 울고, 거래처 면담을 위해 이동하는 버스 안에서도 울고, 의사들에게 판촉물로 줄 커피를 사러 온 카페에서도 몰래몰래 울었다. 그렇게 울다가도 병원에 들어갈 때는 울었던 흔적과 눈물을 화장으로 가리고 웃었다.

어머니가 병원에서 덮고 잘 새 이불을 챙겨 가기 위해 퇴근하고 잠깐 집에 들렀던 어느 날이었다. 이불을 챙기고 병원에 출발하려 하는데 이모에게 전화가 왔다.

"오늘은 이모가 저녁에 병원에 있을 테니까 이불은 내일 가지고 와도 된다. 피곤할 텐데 오늘은 집에서 자고 내일 오거라."

오랜만의 퇴근 후 집에서 보내는 시간이었다. 집 근처 슈퍼에서 소주 한 병을 사왔다. 안주도 없이 깡술을 마시고 침대에 쓰러져 펑펑 울었다. 베란다에 멍하니 서 있다가 문득 아래를 내려다 보았다.

'떨어지면 이 힘듦도 끝날까?'

죽고 싶은 생각이 들었다. 어차피 우리 집에 가족은 나와 어머니 단 둘이었다.

'어머니가 곧 돌아가시면 이 세상에는 나밖에 남지 않을 텐데 그렇게 살아서 무슨 의미가 있을까?'

괴로워하는 어머니를 옆에서 지켜보는 내 마음은 매일 찢겨나가고 있었다. 모든 걸 끝내고 싶었다. 생각을 못하게 내 머리를 멈추고 싶었다.

그 당시에는 고층 건물에만 올라가면 불쑥불쑥 올라오는 고통의 파도들이 내 마음에 휘몰아쳤다. 그럴 때마다 나는 아무도 모르게 그 마음을 다시 억누르곤 했다.

어머니는 일을 시작하고 3개월 후 돌아가셨다.

어머니 투병 당시, 근무 중에 찍은 사진.
힘들다면서 그 와중에 셀카는 찍고 할 건 다 했다.
언뜻 보이는 다크써클.
울어서 눈이 부었나? 얼굴이 몹시 힘들어 보인다.

어머니에게 암 선고를 내린 병원에 영업하러 가다

처음 영업을 시작했던 지역은 내가 살고 있는 서울 도봉구였다. 영업을 시작하기 전부터 아프면 환자로 가는 동네병원들이었지만 이제부터 나는 영업사원으로서 의사들을 마주해야 했다. 어린 시절부터 고향처럼 살았던 동네였다면 불편할 수 있었겠지만 쌍문동에 살기 시작한 지 2년도 안된 시기여서 아는 의사들이 없었다. 어느 한 곳의 내과를 제외하면 말이다. 쌍문동에서는 꽤 오래된 내과였는데 그곳은 어머니가 건강검진 결과를 들으러 가벼운 마음으로 갔다가 간암 진단을 처음 받은 병원이었다.

첫 진단 결과는 어머니 혼자 들었다. 향후 치료 계획에 대한 조언을 듣고 싶어 보호자로서 방문했던 게 그 병원에 대한 나의 첫 기억이다.

"제 경험상 어머니는 길어야 1년 사실 수 있어요. 대학병원 가서 치료를 하겠지만 마음의 준비는 하는 게 좋아요. 남은 시간 동안 어머니한테 잘해드리세요."

잔인한 말이었다. 멍했다. 드라마나 영화에서 듣던 대사를 내가 듣다니 그 순간이 비현실적으로 느껴졌다. 대기실에서 불안한 표정으

좌충우돌 영린이의 제약영업 이야기

로 나를 기다리며 앉아 있던 어머니가 보였다.

"의사선생님이 뭐라고 하시니?……"

"엄마. 치료방법이 다양하대. 요즘에 의료기술이 많이 발전했잖아. 역시 걱정할 필요 없다고 얘기했잖아. 우리 열심히 항암치료 해 보자."

좋은 기억은 아니었기에 영업사원으로서 병원을 들어갈 때 마음이 좋지 않았고 왜인지는 모르겠지만 긴장까지 했다. 솔직히 이야기해서, 우리 회사와 거래가 없는 병원이었다면 영원히 방문하지 못했을 것 같다. 하지만 주사제를 꾸준히 처방하는 병원이었으므로 월말마다 수금도 하러 가야 했고 신제품을 처방해 달라고 영업도 하러 가야 했다. 진료실에 들어가니, 의사는 보통의 신입 영업사원을 대하듯 하였다. 의례적인 인사치레가 끝난 후 '월말인지라…… 오늘 결제 좀 부탁드립니다.'라고 이야기를 드리려 하는 때였다.

"혹시 그 전에 우리 병원에 온 적 있어요? 낯이 익는데."

하루에도 수십 명의 환자를 보는데 설마 어머니와 나를 기억할까 싶었다. 당황했지만 자연스럽게 이야기를 했다.

"아 원장님! 사실 저도 이 동네 주민입니다. 근처에 살고 있어서 몇 번 진료 받으러 왔었고 저희 어머니도 병원에 종종 오셨었어요."

"아 그래요? 아이고 반갑네. 그런데 혹시 어머니 성함이 어떻게 되는지 물어봐도 될까요?"

으레 동네 주민이라는 이야기로 훈훈하게 대화를 마치려 했지만 이름을 물어보자 당황함을 감추지 못했다. 어머니의 이름을 조심스럽게 말씀드리고 멋쩍게 웃어 보였다.

"기억은 못 하실겁니다. 하루에도 많은 환자들을 진료하시잖아요."

이름을 듣더니 기억을 찾으려는 표정을 지어 보이셨다.

"아!"

반가운 표정은 이내 걱정 가득한 얼굴로 바뀌었다.

"아! 기억나! 기억나요! 아…… 그분 따님이셨구나. 어머님 지금은 좀 어떠세요?"

당시는 어머니가 돌아가시기 두 달 전이었다.

"여러 환자를 뵈었었지만 어머님은 잘 계신지 가끔 궁금하고 생각 났었어요. 그래도 아직 잘 계셔서 반갑네요. 하지만 지금 상황이면 3개월도 버티기 힘드시겠네요."

또 다시 아픈 말, 잔인한 말이었다. 의사 입장에서는 환자의 예후를 이야기해 주는 것 이상 이하도 아니지만 보호자의 입장에서는 고통스럽고 화나고 속상한 일이었다. 더욱이 지금은 보호자가 아닌 영업사원으로서 찾아갔기에 이런 개인적인 감정을 느끼고 싶지 않았다. 울컥 눈물이 차오르는 얼굴을 숨기려 허벅지를 불쑥 꼬집었다. 어쩌면 이런 상황에 마주할까 봐 병원에 들어오기 전부터 긴장을 했었으리라.

"제가 왜 기억을 하느냐면요. 어머니 혼자 건강검진 결과를 들으러 오셨을 때 암일 가능성이 크다고 말씀을 드렸는데요. 대기실에서 어머니가 매우 서럽게 우셨어요. 마음이 아파서 진료하다 말고 대기실에서 어머님 위로해 드렸었어요. 치료하면 사실 수 있으니까 괜찮다고. 우리 병원에서 암이라는 소식 듣고 치료 잘 받고 계속 병원에 오는 동네주민들 많으니까 걱정하지 마시라고 위로해 드렸 거든요."

처음 듣는 이야기였다. 그랬구나. 가슴이 욱신거렸지만 한편으로는 감사한 마음이 들었다. 그렇게 첫 인사는 비즈니스 이야기가 아닌 개인가족사 이야기로 끝이 났다. 월말인지라 결제도 했어야 하는데 어머니 이야기에 완전히 까먹고 나온 것이다.

진료실 밖을 나오니 보이는 대기실.

이 대기실에서 어머니가 하염없이 울었을 것을 생각하니 그제서야 참아 왔던 눈물이 미친 듯 나왔다. 서둘러 병원 밖을 나와 건물 옆 골목길에 주차된 트럭 뒤에서 숨어 울었다. 도저히 눈물이 멈추지 않았다.

'제발 그만 울자. 아직 일하는 중이야. 다음 거래처에 가야해. 제발……'

그렇게 30분이 지났을까?

미친 듯이 쏟아지는 눈물은 주사제 발주 전화를 받고 나서야 가까스로 멈추었다.

퇴근을 하고 어머니가 입원해 있는 병원에 가서 그날 있었던 이야기를 해 드렸다.

"그때 그 병원에 나 오늘 일하러 갔었다? 엄마 안부 묻더라."

당신을 위로해 주던 의사의 이야기에 반가웠는지 핼쑥하게 마른 얼굴에 오랜만에 보는 웃음을 힘들게 띠어 보이셨다.

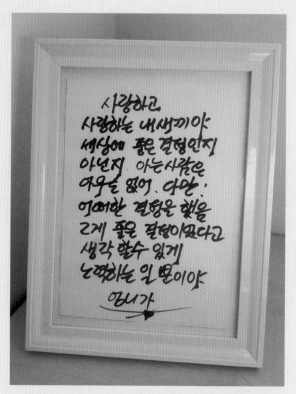

대학생 시절 어머니가 손수 자필로 액자까지 만들어 준 글귀.
볼 때마다 어머니의 음성이 또렷이 들리는 듯하다.

좌충우돌 영린이의 제약영업 이야기

영린이의 첫 무기

　처음 뵙는, 그리고 앞으로 계속 봐야 하는 의사들에게 나를 확실히 어필할 방법이 무엇일까 고민을 많이 했었다. 의사들이 나를 기억한다는 것은 나의 소속 회사와 제품까지 연관되어 기억할 수 있기 때문이다.

　['신은주'라는 사람은?]

　[○○제약 소속이었지!]

　[그 회사 제품이 뭐였지?]

　[우리가 처방하고 있는 약인가?]

　[아, 그 약!]

　내가 의도하고자 한 의식의 흐름은 이런 순서였다. 하지만 나는 살아온 과거가 특출 나지 않은 평범한 신입사원에 불과했다. 1분도 안 되는 면담만으로는 그저 그런 수많은 영업 사원 중 한 명으로만 남는 건 불 보듯 뻔했다.

　그래서 만들었다. '자기소개서'

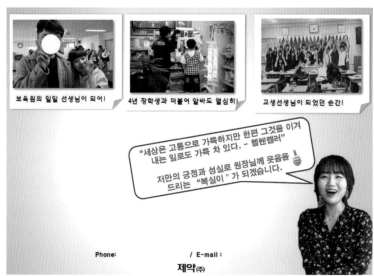

당시 만들었던 자기소개서

가장 기본 정보인 고향, 학력, 경력, 취미, 근황에 대한 내용과 사진을 넣어 A4용지 1장으로 만들고, 컬러로 출력하여 문구점에서 코팅지를 씌웠다. 당시 취미였던 스키 타는 사진과 대학생 시절 진행한 각종 봉사활동 사진, 교생 시절 제자들과 찍은 사진, 학과 활동 시절 무대에서 춤을 추었던 사진, 어머니와 함께 등산할 때 찍은 사진을 넣었다. 특히 강조했던 부분은 집안의 가장으로서 투병 중인 홀어머니를 모시고 살지만 밝고 씩씩하게 살아간다는 내용이었다.

이 자기소개서를 들고 의사들을 만날 때마다 마치 발표를 하듯 자기소개를 하였다.

"원장님! 앞으로 인사드리게 될 영업사원으로서 제가 어떠한 사람인지 소개 드리는 게 도리라고 생각하여 이렇게 자기소개서를 한번 만들어 봤습니다!"

"어머니가 무슨 암이신데요?"

"아이고. 힘든 상황인데도 밝고 씩씩하네. 어머님께서 기특해하시겠어요."

10명의 의사들을 만나며 자기소개서를 하고 다닌 첫날 대부분의 반응은 위로와 응원이었다. 어느 날 퇴근을 하는 버스 안에서 문득 의문이 들었다.

'지금 내가 하는 게 영업에 도움이 되는 건가?'

확신이 들지 않았다. 그렇지만 할 줄 아는 게 이것밖에 없다.

'우선 해 보자.'

나는 다음날도, 그 다음날도 60여 명의 의사들에게 똑같이 자기소개를 했다. 이렇게라도 해서 어떻게든 날 기억하게 해야 했다. 다른 기발한 방법이 없었다.

거래가 없는 제약회사 직원과는 절대 면담을 해 주지 않는어느 소아청소년과에 방문했을 때였다. 오늘은 면담을 해 주시려나 희망을 가지고 방문했지만 역시나 접수처의 간호조무사 직원에게 돌아오는 대답은 한결같았다.

"저희 원장님은 거래 없는 회사 영업사원이랑은 면담 불가입니다. 제품 리플렛이나 자료 주시면 원장님께 전달해 드릴게요."

결국 그날도 명함과 자료 전달만 부탁드린 후 위층의 이비인후과 방문을 위해 계단을 올라갔다. 주섬주섬 자기소개서를 꺼내려 하는데 가방 안쪽에 있어야 할 자기소개서가 보이지 않았다. 건물화장실과 좀 전에 갔던 소아청소년과에도 다시 들어가 보았지만 찾지 못했다. 잃어버린 것이다. 결국 근처 PC방에 들어가 출력하여 급하게 다시 하나를 만들었다.

일주일 후, 해당 소아청소년과에 다시 방문을 했다. 늘 똑같은 멘트로 면담 거절을 알려 주던 간호조무사가 어째서인지 씨익 웃으며,

"잠시만 대기실에서 기다려 주세요. 원장님께 말씀드릴게요." 하는 것이다.

'어라? 뭐지? 정말로?'

여러 번 방문을 했던 내 진심이 통한 걸까 기쁘면서도 당황한 마음이었다. 진료실에 들어서자 커리어우먼 분위기를 물씬 풍기는 젊은 여자의사가 있었다.

"이거요."

하며 무언가를 건네주는데 잃어버린 줄 알았던 자기소개서 였다.

"엇! 원장님 아니 이걸 어떻게……"

알고 보니 병원 접수처에 올려놓은 자기소개서를 간호조무사가 발

좌충우돌 영린이의 제약영업 이야기

견하여 의사에게 전달해 준 것이다. 리플렛을 꺼내려고 자기소개서를 접수처에 잠깐 올려 둔다는 것을 깜빡하고 챙기지 않은 것이다. 순간 얼굴이 확 빨개졌다. 부끄러웠다. 간호조무사와 의사가 이 내용을 다 보았을 텐데 얼마나 우스웠을까.

"원래 거래 없는 제약회사 영업사원은 안 만나는데요. 읽어 보고 어떤 분이지 궁금하기도 해서 직접 전해 주려고 오늘은 만났어요."

그 일이 계기가 되어 차갑고 도도한 이 여자원장님은 자주는 아니었지만 한 달에 한 번 정도의 면담은 허락해 주었고 큰 금액은 아니지만 내가 원하던 제품의 매출을 올리는 데 성공하였다.

소아청소년과 전문의지만 일반의원을 개원하여 노인들을 주로 진료하는 50대의 푸근하고 친절한 남자 원장님이 계셨었는데,

"아~ 지난번 자기 소개할 때 보니까 춤추는 사진 있던 것 같은데, 나도 취미로 한 댄스 하거든? 하하."라며 먼저 자기소개서 내용을 기억해 주고 이야기를 꺼내 준 일도 있었다. 50대 이상 연령대 의사들은 아무래도 20대인 영업사원과 공감할 수 있는 면담 주제가 다양하지 않고 한계가 있는데 '춤'이라는 공통된 취미가 시작이 되다 보니 라포(Rapport, 유대관계) 형성에 도움이 되었다. 2년 차 쯤에는 오히려,

"아 원장님! 춤하면 힙합이 최고죠!"

"아 무슨 소리야. 춤하면 자이브(스포츠댄스)지 이 친구야!"

하고 농담을 주고받기까지 했다.

신입 때 무작정 시작한 자기소개서 PR은 당장의 영업매출에 극적인 영향을 주진 못했지만 매출의 기본이 되는 라포(Rapport, 유대관계) 형성에 씨앗이 되어 주었다.

첫 미션
- 오늘 중으로 런천미팅 잡아서 퇴근 전까지 보고하세요

일을 시작한 지 한 달 정도 되었을 무렵이다. 그때까지 이렇다 할 실적이 없었다. 그저 병원에 자주 인사를 하러 다니고 음료 판촉을 하며 얼굴을 비추기만 열심히 하는 날들이었다.

아침 10시쯤, 우리 팀 팀원이 모두 참석되어 있는 카카오톡 단체 채팅방에 팀장으로부터 메세지가 전달되었다.

"다들 오늘 퇴근 전까지 영업사원 한 명당 런천미팅(Luncheon meeting) 한 개 이상 잡아. 본부에서 내려온 오늘 미션이야."

간혹 저렇게 마케팅본부나 영업본부에서 그날 하루 영업사원이 달성해야 할 지침들이 미션처럼 내려왔다. 런천미팅은 말 그대로 의사와 점심식사를 하면서 제품에 대한 디테일(Detail, 설명), 처방 중 부작용, 급여조건 등과 같은 이슈에 대해 질의응답을 가지는 영업활동이다. 자연스럽게 제품 효능 홍보도 할 수 있고, 의사와 라포(Rapport, 유대관계) 형성도 되는 중요한 시간이다. 대화를 나누며 의사의 성향은 어떤지, 취미는 무엇이고 최근의 관심분야는 무엇인지까지 알 수 있다. 그래서 런천미팅은 단순히 '식사'가 아닌 영업사원에게는 정성적 성과라고 볼 수 있다. 당시 나에게는 그것도 큰 실

적이었다.

점심식사 한번 하는 게 어려운 건가? 그리 대단한 건가? 어쩌면 의사는 본인 돈 안 쓰고 공짜로 식사를 할 수 있는 좋은 기회 아니냐고 생각할 수도 있다. 하지만 조금 더 입장을 바꾸어 생각해 보면 의사도 마음 편한 사람들과 밥을 먹거나 혼자 먹고 싶을 수 있고, 식사 후 남은 시간은 온전히 휴식할 수 있는 자기만의 시간으로 쓰고 싶을 수 있다. 그러한 시간을 얼굴 본 지 얼마 안 된 영업사원과 함께 보내는 것이다. 그래서 런천미팅은 의사와 어느 정도 유대관계가 형성된 영업사원이 가질 수 있는 제품설명의 소중한 기회이다. 미션을 보자마자 앞이 깜깜했다.

'친해진 의사가 한 명도 없는데 누구랑 런천미팅을 잡아야 하는가?'

그렇지만 첫 미션이었다. 꼭 해내야 하고 해내고 싶었다. 출력해 놓은 전 거래처 리스트를 쭉 둘러보았다. 라포(Rapport, 유대관계)가 깊은 의사가 아직은 없으니 최대한 타 제약영업사원들이 자주 방문하기 힘든 외딴 곳에 위치한 병원을 우선 골랐다. 더불어, 제안을 차갑게 거절하지 않을 것 같은 친절했던 의사를 머릿속에 떠올려 보았다.

그리고 면담은 12시 40분~12시 55분 사이의 시간대를 선택했다. 보통 병원 점심시간이 1시부터이니 가장 배고픈 시간대이지 않겠는가? 그 시간에 맛있는 음식 사진들을 핸드폰으로 보여드리며 유혹(?)을 하면 런천미팅 수락의 가능성이 높아지지 않을까 하는 나름 인간의 욕구를 반영한 판단이었다. 서둘러 버스를 탔다. 이동하는 버스 안에서 핸드폰을 꺼내 유명한 맛집 도시락 가게를 찾아서 음식 사진과 후기 글들을 저장해 놓았다. 그 병원은 도심에서 조금 떨어진 곳으로 겨우 두 번 인사를 드린 50대의 여자원장님이셨지만 친절히 웃으며 맞이해 주는 곳이었다. 대기실에 들어서자 다행히 다른 제약영업사원이나 환자도 없었다.

그런데 어떻게 서두를 꺼낼지 걱정이 들었다. 가장 중요한 멘트를 생각도 안 하고 무작정 와 버린 것이다. 고민하고 있는 사이 진료실에서 들어오라는 소리가 들렸다.

"어머나! 너무 자주 오는 거 아니야~?"

사실 그 전 주에도 방문했기 때문에 너무 자주 와도 실례였으므로 연신 죄송하다고 사과의 말씀을 드렸다.

"농담이야 농담! 그런데 오늘은 무슨 일로 왔어요?"

'평소에 식사는 어떻게 드시냐고 여쭈어 볼까? 사실대로 이야기할까?'

그냥 나의 머리에 맡겨 보기로 했다.

"원장님. 사실은 오늘 아침에 팀에 미션이 주어졌습니다. 오늘까지 런천미팅 약속을 꼭 잡으라는 팀장님의 미션이 주어졌는데 생각나는 분이 평소 친절하게 맞이해 주신 원장님이었습니다. 저에게 주어진 첫 미션이라 너무 간절해서 이렇게 찾아왔습니다."

너무 솔직했나? 실적 때문에 식사해 달라고 말하는 팔푼이가 나 말고 또 있을까!

"난 또 심각한 얼굴로 와서 무슨 일인가 했네요. 그게 뭘 어려운 일이라고? 밥 먹으면 나야 좋지. 설명회 대상 제품은 뭐에요? 날짜는 언제로 할까요?"

역시 친절한 원장님은 날 울리지 않았다. 덕분에 나의 첫 미션이 성공한 셈이었다. 준비했던 음식 사진은 보여드릴 생각도 못 하고 점심식사 일정을 잡고 서둘러 병원 밖을 나왔다.

'우와, 내가 해냈구나!'

온몸에 희열이 감돌았다. 이런 게 영업의 묘미인건가? 영업의 보람인 건가? 왠지 앞으로는 런천미팅 제안을 마구 해도 다 약속을 잡을 수 있을 것 같은 자신감이 솟구쳤다. 그리고 아직 세상은 살 만하구나 하며 원장님의 배려에 감사함을 느꼈다.

퇴근시간이 되자 카카오톡에서 팀원들이 그날의 실적과 업무 특이사항을 공유하기 시작했다. 나 역시,

'○○병원 ○○제품 런천미팅 ○월 ○일 1건 약속 완료'

당당히 보고를 하였다. 나의 성과 1건은 선배들의 3건 그 이상의 기쁨이었다!

양주의 어느 소아청소년과 런천미팅 도시락.
김밥, 유부초밥, 고기, 반찬, 과일, 젤리까지 풍부하다.
너무 예뻐서 기념으로 한 컷!

6화

뚜벅이에게 운전면허를 따게 한 제약영업

영업을 시작할 때는 운전면허도 차도 없었다. 우선 내 인생에서 자동차라는 것을 가질 수 있다고 생각을 못 하고 살아왔다. 자동차는 잘 살고 경제적으로 풍족한 사람들이 가질 수 있는 거라고 생각했기 때문이다. 어린 시절부터 우리집은 가난했다. 아버지와 이혼 후 어머니는 혼자 힘든 식당일을 평생하며 나를 먹여 살려 그나마 굶지 않고 살 수 있었다. 20대 초반까지 내 꿈 중 하나는 반지하 집을 벗어나 햇빛을 바라보며 사는 것이었으니까 말이다. 적어도 살아가는 동안에 나는 평생 자동차를 소유할 일은 없다고 생각했다. 그러니 운전면허는 당연히 딸 필요가 없는 자격증 이었다.

운전은 절대 하지 말아야 할 것이라고 못 박는 계기 역시 있었다. 대학시절 잠깐 교제를 했던 남자친구가 운전하는 차를 타고 가다가 교통사고가 크게 났었다. 당시 그 친구 아버지가 대리기사를 했었고 방학기간마다 아버지 차를 운전하며 대리운전 일을 도왔었다고 한다.

당시 도로를 달리는 차라고는 우리밖에 없었다. 나는 조수석에 앉아 무심코 창밖 풍경을 바라보다가 뜬금없는 위치에 군부대가 보이

길래 신기한 마음에,

"우와, 이런 곳에 군부대가 있네."라고 했다. 그 순간 그 친구도 궁금했는지 시선을 돌리는 찰나, 쥐고 있는 핸들까지 같이 돌리는 바람에 차가 바로 논두렁으로 처박힌 것이다. '쾅' 하고 전봇대를 박으면서 차는 다행히 멈추었지만 충돌 소리가 얼마나 컸던지 군부대 군인들과 동네 사람들이 우르르 나왔을 정도였다. 아무도 다치진 않았지만 나름 큰 사고였다.

운전한 지 4년이 지난 지금 돌이켜보면 초보운전자로서 가장 조심해야 하는 핸들조작, 전방주시태만으로 일어난 사고였다.

어찌되었건 그 사건 이후로 20대나 30대 같은 젊은 연령층이 운전하는 차까지도 타기가 무서워진 것이다. 역시 택시기사나 버스기사 같은 베테랑이 운전하는 대중교통을 타는 게 안전하다고 생각했다. 나 같은 겁쟁이가 운전대를 잡으면 다른 사람에게도 피해를 끼칠 수 있기 때문에 더욱 운전은 안 된다고 생각했다.

그런 나에게 남양주와 양주 전 지역을 담당하라는 통보가 온 것이다. 내가 살던 도봉구는 뚜벅이(대중교통을 이용하거나 걸어 다니는 사람을 비유적으로 이르는 말)로도 가능했다. 거래처간 이동거리가 짧아서 대개는 걸어서 5~15분이면 병원이 있었고, 거리가 먼 경우는 버스나 택시를 타면 금방이었기 때문이다. 하지만 남양주, 양주는 거래처간 이동거리가 평균 5km이다 보니 걸어서 다닐 수준이 아니었다. 버스나 지하철은 배차간격이 길면 40분이었고 그럴 때마다 택시를 이용하기에는 교통비의 지출이 컸다. 이래나 저래나 아무리 생각을 해 보아도 운전면허 자격증을 최대한 **빠르게** 취득하고 자동차까지 구매해야 했다.

한 달 안에 이 두 가지를 성공했다면 해피엔딩이었겠지만 첫 번째 도로주행에서 한 번 떨어지고 두 번째 도로주행에서 겨우 합격한 후 부랴부랴 경차를 구매해 한 달 반 만에 미션을 완수할 수 있었다. 당장 발등에 불이 떨어지니 신기하게도 뚝딱뚝딱 하게 되었다. 운전을 안 하면 일을 못하니 퇴사까지 생각하는 절박함이 만들어 낸 성과였다.

내 첫 차는 민트색 경차였다. 누가 봐도 여자가 운전하는 차다. 외곽지역은 화물차나 큰 트럭이 많아서 경차는 위험하다는 동료들의 만류도 있었지만 차가 작아서 주차하기가 수월했고 무엇보다 구매 및 관리에 들어가는 비용이 저렴했다. 4년이 지난 지금까지도 다양한 곳을 달려왔지만 고맙게도 한 번의 고장 없이 잘 달려 주고 있다.

차를 사는 데도 소소한 에피소드가 있었다. 차를 사야겠다고 결심한 그 당일 즉시 구매했다. 그날 두 곳의 자동차영업대리점을 갔었다. 처음 방문한 대리점에 가서 차에 대한 옵션과 사은품 등등 대략적인 상담을 받았다. 사실 뭐 들어도 비교할 수 있는 지식도 없고 잘 몰라서 그 자리에서 구매할 수 있었는데, 첫 방문부터 바로 사 버리면 뭔가 손해인(?) 기분이 들었다. 버스를 타고 몇 정거장 더 가서 또 다른 대리점에 들어갔다. 그곳의 영업사원은 딱 봐도 20대 초반의 신입사원이었다. 긴장과 비장함을 풍기며, 열심히 암기한 듯한 차량 정보를 열정적으로 설명해 주었다. 사은품을 많이 챙겨 주겠다는 절실한 말투에서 문득 나의 모습이 보였다. 영업사원 초짜라는 동병상련의 느낌이었다. 내가 이 차 하나 사면 이분한테도 큰 실적이 되고 인센티브도 받겠다는 생각에 그 자리에서 구매한 것이다. 구매하겠다고 하니 오히려 영업사원이 당황해했다.

"네? 정말요? 우와……! 잠시만 대기해 주세요. 계약서 준비해 오겠습니다."

계약하면서 개인적으로 물어보니 실제로 내가 첫 고객이었다. 일을 시작하고 고객 상담한 지 5번도 안 되었었다고 하는데 내가 처음으로 구매한 고객인 것이다.

'이 뿌듯함이란……'

차를 구매한 후 분기 단위로, 차 타는 데 불편한 것은 없는지, 잘 타고 다니는지 등의 안부문자를 영업사원으로부터 자주 받았다. 좋은 마음으로 구매해서인지 큰 사고 없이 잘 타고 다니나 싶기도 하다.

차를 준비하고 운전연습을 하기 전 며칠 동안은 처음 생긴 자동차에 대한 감격을 마음껏 누렸다. 집에서 티비를 보다가도, 설거지를 하다가도 문득 1층 주차장에 있는 자동차가 생각이 나면 가슴이 콩닥콩닥 뛰었다. 그럴 때마다 차를 보러 갔다.

'이게 정녕 내 차인가? 내가 나중에 이 녀석을 능수능란하게 운전을 한다고?'

시동도 걸었다가 꺼 보기도 하고 한 손으로 핸들을 잡고 운전해 보는 시늉도 해 보았다. 지금에서야 좁다고 불평도 하지만 그때는 어찌나 내부가 커 보이고 자동차의 계기판도 멋있어 보였는지 모른다.

실제 주행에 나서기 전, 2주간 운전베테랑인 이모의 도움을 받아 집 근처와 남양주 지역을 돌며 주행연습을 했다. 연습 기간 중에 설날이 꼈는데, 한산해진 집 근처 아파트 지하 주차장을 돌아다니며 하루 종일 후면주차도 해 보고 전면주차도 해 보고 옆으로도 주차해 보는 등 차를 넣었다 뺐다 연습을 했다. 혼자만의 준비가 끝난 후, 혹시 모를 사고에 대비해(?) 조수석에 남자친구를 앉히고 3km 정도 떨어져 있는 동네 마트에 운전을 해서 가 보았다. 매우 긴장한 나머지 극심한 두통과 구역질을 느껴 주차를 시켜 놓고 진통제와 약을 사 먹었다. 정말 충격적인 경험이었다. 이따위 운전 실력으로 앞으로 남양주와 양주를 매일 어떻게 다니냐며 절망스러워했다.

처음 회사에 출근을 할 때에는 1시간이면 가는 거리이지만 혹시 모를 사고에 대비하여 2시간 일찍 나와 운전을 했다. 그렇게 덜덜 떨며 운전을 시작한 지 3개월이 지났을 시점에 거래처에서 급하게 요청한 자료를 전달해 주어야 할 일이 생겨 차로 이동하여 빠르게 일을 해결했을 때 '내가 이제 뚜벅이 영맨은 탈출했구나! 운전하기 정말 잘했다.'라고 느꼈다.

운전면허학원 도로주행용 차에 탑승!
강사님 기다리며 기념촬영.
퇴근하고 밤 9시에 연습하러 간 거라
다크써클이 선명히 보인다.
참……! 하필이면 낮보다 어려운 저녁에
주행실습을 많이 했었다.

좌충우돌 영린이의 제약영업 이야기

내 인생 첫 붕붕이가 우리 집에 처음 온 날 기념 사진.
동병상련의 자동차 영업사원이 운전해서 가져다주고
사진도 찍어 주었다.

자려고 누워 있다가 다시 한번 붕붕이가 생각 나
운전석에 앉아서 찰칵!
밤 12시에 블루투스로 노래 연결해 들으며
차를 산 기분을 흠뻑 만끽했다.

눈물겨운 첫 크리스마스 판촉물

영업사원이 된 지 얼마 안 되어 연말이 다가오고 있을 무렵이었다. 거래처 의사들에게 비싸고 좋은 선물은 못 해도 한 해 동안 감사했다는 인사를 전할 수 있는 크리스마스 선물을 준비하고 싶었다.

"크리스마스 선물을 한다고? 명절선물은 많이들 해도, 크리스마스 선물하는 영업사원은 못 본 것 같다."

주변 동료들이나 선배들에게 물어봐도 돌아오는 대답은 다 비슷했다. 보통은 추석, 설날 같은 명절선물 준비에 집중하고, 연말시즌에는 매출이 큰 대형 거래처나 잠재력 있는 거래처와 제품설명회(복수 병원 의사를 대상으로 제품 설명, 홍보, 효과, 복용방법 등에 대한 교육을 하며 식사를 함)를 통해 식사하는 시간을 가지며 한 해를 마무리하는 분위기가 지배적이었다.

'잠깐만! 오히려 크리스마스 선물을 준비하지 않는 분위기이고 그 중에 나만 한다면 의사들에게는 더 기억에 남지 않을까?'

"선배님! 저는 크리스마스 선물에 집중해 볼래요!"

신선하다는 반응이었다.

"그래 뭐, 너의 전략이 그렇다면 하는 거지. 그런데 예산은 있고?"

아뿔싸, 예산을 생각 못 했다. 확인해 보니 남은 예산은 고작 30만 원이었다. 옆에서 보던 선배가 시무룩해진 내 반응을 보더니 그럴 줄 알았다는 듯 웃어 보였다.

"너뿐만이 아니라 보통은 연말에 예산이 없어. 그래서 소수 몇 개의 거래처에만 제품설명회를 하고 연말을 마무리하지."

그렇다고 손 놓고 올 한 해를 그냥 지나가는 건 뭔가 중요한 기회를 놓치는 기분이 들었다. 저비용으로 감명 깊은 감사 인사를 전달할 수 있는 판촉물이 없을까? 편지……! 카드……! 그렇지! 크리스마스 카드! 크리스마스 카드는 비싼 돈 들어가지도 않으면서도 감사의 인사를 전할 수 있는 선물로 딱이었다.

12월 중순에 접어들 시기였기에 서둘러 준비해야 했다. 카드를 파는 문방구나 아울렛, 마트를 돌아다녔지만 흔히 볼 수 있는 카드뿐이었다. 그렇게 며칠 인터넷을 열심히 검색한 끝에 루돌프와 크리스마스 트리가 입체적으로 보이는 핸드메이드 입체카드를 대량 구매하였다.

남은 예산을 확인해 보니 5만 원이었다. 이 예산으로 50명에게 줄 수 있는 조그마한 판촉물도 사고 싶었다. 카드만 드리는 건 뭐랄까. 뭔가 부족했다. 그렇게 구매한 도라지배즙!

유기농 식품을 전문으로 파는 마트에 가보면 도라지배즙, 사과즙 같은 건강기능식품을 포단위로 개별 구매할 수 있었던 기억이 났다.

그렇게 도라지배즙 1포에 리본을 붙이고 카드까지 준비하니 꽤 그럴싸해 보였다.

가장 처음 이 선물을 드린 거래처는 여성병원에 속해 있는 소아청소년과의 젊은 남자 원장님이었다. 이분을 선택한 이유가 있었다. 30

대의 젊은 의사로 유쾌한 분이었고 제약영업사원들을 늘 배려해 주는 분인지라 이런 허접한(?) 선물을 드려도 못된 소리는 안 할 것 같은 이유가 컸다. 하지만 겁도 났다.

"에이, 무슨 이런 걸 선물이라고……"

라는 반응이 나오면 소심한 나는 상처를 받을 것 같아서 꽤나 용기도 없고 무서웠기 때문이다. 이 소아청소년과 의사의 반응이 별로면 그냥 아예 모든 거래처에 이 선물을 하지 말자는 생각이었다. '까짓것 도라지배즙은 뭐…… 내가 먹어 버리지'라는 자포자기의 심정도 있었다.

"무슨 연말에도 이렇게 열심히 일을 하세요. 연말인데 쉬엄쉬엄 하세요."

내 걱정과는 달리 원장님은 환자가 밀리는 바쁜 순간에도 친절한 인사로 맞이해 주었다.

"원장님…… 사실은 제가 준비한 게 있는데요. 크리스마스이고 연말인데 감사의 인사를 드리고 싶어서요. 선물은 돈이 없어서 준비를 못 했습니다."

쭈뼛쭈뼛 카드를 꺼내 드렸다.

순간 박장대소하는 의사의 모습을 보고 비로소 안심했다.

"와, 귀엽다. 이 카드는 내 책상에 장식용으로 봐야겠다. 너무 고마워요 은주 씨~ 비싼 선물보다는 이런 정성이 담긴 카드가 난 더 좋은데?"

다행이었다. 준비한 보람이 있구나. 그 웃음에 용기를 얻어 도라지배즙 한 포도 드렸다.

"진료하시느라 말씀 많이 하시는데 목 아프실 것 같아서 준비했습니다. 드시고 내년에도 건강하시길 바랍니다."

"어! 안 그래도 목 아팠는데 바로 먹어야겠어."

하시면서 그 자리에서 뜯어서 원샷하셨다.

첫 반응을 용기 삼아 그 이후부터 쭉 50여 개의 거래처 의사에게 카드와 도라지배즙을 전달해 드렸다. 반응은 각양각색이었다. 주로 30대 후반부터 40대 중반까지의 젊은 연령대의 의사들은 '으하하!' 웃으시며 귀엽다는 반응으로 좋아해 주셨고 나이가 좀 있으신 원장님들은 그저 '아이고' 하는 반응이었다. 모든 거래처를 다 만족할 수는 없었다. 그래도 주어진 예산을 최대한 활용한 판촉활동의 성공이었고 이때가 계기가 되어 감성 판촉전략과 영업활동을 고집하게 되었다. 여담이지만 그 다음해 연초에는 연하장을 자필로 써서 드렸다.

어느 날 병원 대기실에 앉아 있다가 타회사 영업사원과 명함을 주고받는 일이 있었다.

"아, 그분이신가? 편지 쓰는 여자분? 원장님들한테 얘기 많이 들었어요. 엄청 열심히 하는 여자영업사원 있다고."

겉으로는 내심 부끄러운 척 했지만 속으로 느꼈던 뿌듯함과 쾌재는 이루 말할 수 없었다.

실제 선물드렸던 크리스마스 카드.
지금 보니 왜 이렇게 허술해 보일까!

좌충우돌 영린이의 제약영업 이야기

이렇게 바쁜 날에 꼭 와야겠어요?

한 주의 시작이자 주말 다음날인 월요일은 진료과 구분 없이 오전, 오후 가리지 않고 병원에 하루 종일 환자가 몰리는 날이다. 그래서 일을 시작한 지 얼마 안 되었을 때 선배들로부터 월요일에는 되도록이면 병원에 방문하지 말라는 이야기를 들었다. 하지만 경험도 없고, 열정만 가득했던 나는,

"오히려 남들이 안 갈수록 더 가야지! 열심히 한다는 깊은 인상을 남길 기회야!"

하고 월요일 오전 10시에 남양주의 어느 내과를 방문했었다. 아니나 다를까 환자는 이미 대기실을 가득 채우다 못해 병원 문 앞을 기웃거리다가 다른 병원으로 발을 돌리는 환자들까지 있었다. 이때 들어가지 말았어야 했다.

리셉션의 간호사에게 밝게 인사를 한 후, 원장님 면담을 하고 싶다고 이야기하니 '굳이 오늘 와야 하나⋯⋯?'라는 표정으로 나를 바라보았고 약 1시간 정도의 대기 후에 드디어 원장님을 뵐 수 있었다.

"원장님 안녕하세요! ○○제약 신은주입니다."

내 얼굴은 보지도 않고 컴퓨터 화면을 바라보며 빠르게 타자를 치

는 의사의 모습이 들어왔다. 그래도 준비한 자료가 있어서 빨리 말씀 드리고 끝내야겠다 싶었다.

"원장님! 오래전부터 ○○제품 처방해 주시고 계신데요. ○○ 성분과 관련된 레퍼런스 자료가 나와서 소개드리려고 합니다. 잠깐 시간 괜찮으세요?"

"하. 이런 날에 와서 할 만큼 중요한 이야기는 아닌 것 같은데요?"

그제서야 나는 죄송하다는 사과를 연신 하고 부랴부랴 진료실을 나왔다. 그런 나를 바라보는 리셉션의 간호사는 이미 짐작했다는 표정이었다.

"원래 그렇게 욕 먹어 가며 배우는 거야. 그런데 그 의사선생님은 꽤 친절한 편이시다. 보통은 월요일에 영업사원들은 아예 안 만나 줘."

라는 선배의 위로 아닌 위로를 받았다.

난감했다. 그렇다고 월요일에 이걸 핑계로 거래처 방문을 안 할 수도 없고…… 도대체 월요일에는 무엇을 해야 하지?

그후 병원에 들어가진 않더라도 각 병원의 월요일 분위기가 어떤지 파악하기 위해 병원 현관문에서 병원 안을 들여다 보고 다녔다. 보다 보니 특징이 있었다. 내과의 경우 전날저녁까지 굶고 오전에 건강검진을 받는 환자가 많아 요일 가릴 것 없이 대부분이 바빴지만 오후는 한가했다. 소아청소년과는 유치원, 어린이집 하원시간인 오후부터 환자가 몰렸다. 하루 종일 바쁜 병원은 점심시간 바로 직전 혹은 직후에 가면 빠른 면담이 가능했다. 그 와중에 바쁜 것 상관없이 월요일에도 면담을 흔쾌히 응해 주는 의사들도 꽤 있었다.

어느 이비인후과 의사는 "이전 담당자가 이야기 안 해 주었나요?

화요일, 목요일은 제외하고 방문하세요."라고 직접적으로 이야기해 주기도 했다.

병원면담도 진료실, 간호사, 의사 등 병원의 종합적인 분위기에 따라 다르게 해야 하는 것을 깨달았다.

요즘 건방진 제약영업사원들이 너무 많아

    12월의 어느 겨울날. 등 뒤에는 서류가방, 양손에는 판촉물을 가득 들고 뚜벅이로 여기저기 잘도 걸어 다닐 때였다. 스타킹에 구두, 발가락이 시릴 만도 했지만 정신없이 오가다 보면 춥기는커녕 코트 안이 후끈거렸다.

    도봉구 어느 소아청소년과 문 앞에 도착하였다. 오른손에 들고 있던 봉투에서 자양강장음료 한 병을 꺼냈다. 그러곤 왼손의 종이가방에 담긴 제품스티커 하나를 꺼내어 음료수 겉에 살포시 붙였다.

자양강장제에 붙인 은주's 스티커

"뭐, 오래전에는 그쪽 회사 약을 많이 처방했던 적이 있어요. 지금은 은주 씨가 오긴 하지만 요 몇 년간 전임 사원들이 자주 방문하지도 않았고, 그 사이에 다른 회사 MR(Medical Representative, 제약영업사원을 통칭)들이 열심히 방문하니 다른 약을 쓰고 있지요."

첫 만남에 의사에게 들은 이야기이다.

'우리 회사 약을 써 줄 마음이 당분간은 없으니 방문하지 않아도 된다'는 의미가 저변에 깔려 있었으리라. 눈치가 없던 나는 당시 그것도 모르고 어느덧 네 번째 면담을 위해 또 온 것이다.

"그래요. 오늘은 또 어떤 이야기를 해 주려고 왔나요?"

"원장님! 점심 드시고 나면 노곤할 때가 있잖아요, 자양강장음료수 드시고 오늘도 화이팅 하세요!" 그러곤 준비해 온 자기소개서를 꺼내려던 찰나에,

"○○○약이 거기 회사 제품이라고 했죠? 이 약 좀 써 보려고 하는데~ 약가가 얼마였었죠?"

갑작스러운 질문이었다. 네 번의 방문만에 약 이야기를 먼저 꺼내는 것은 너무 성급하다고 생각했기에 일부러 그동안 제품 디테일을 하지 않기 때문이었다. 그런데 지금 약 이야기를 원장님께서 먼저 꺼내 주신 것이다. 그것도 처방하겠다고 하지 않았는가? 머리가 핑 돌았다.

"네? 아, 네! 약가는 1포당 ○○○원입니다만, 원장님께서도 아시다시피 6세 이하 정장제 처방은 급여 적용이 가능합니다!"

다행히 이 병원에서 꼭 처방했으면 했던 약인 정장제에 대해서 공부를 하고 왔던 터라 암기했던 내용을 줄줄이 말할 수 있었다.

"약국에 준비해 주세요. 예전에도 처방했었던 약이라 알고는 있어

요. 그렇지만 계속 이야기했었던 것처럼, 지금은 다른 회사 약을 쓰고 있기 때문에 이 약은 소아 처방에만 쓸 거예요. 많이는 처방 못하니 큰 기대는 하지 마세요. 음료수는 잘 마실게요."

어안이 벙벙했다. 준비했던 자기소개서는 꺼내 볼 생각도 못하고 그저,

"감사합니다. 기회 주신 만큼 앞으로더 열심히 하겠습니다."만 연신 크게 외치고 대기실로 나와 버렸다. 맙소사. 처음으로 내가 직접 매출을 올린건가? 마음속 언저리에서 흥분과 기쁨의 감정이 점점 솟구치고 있었다. 우선 진정을 해야 했다. 원장이 지시한 대로 약국에 약을 준비해야 했지만 방법을 몰랐다. 같은 팀의 선배에게 얼른 전화를 걸어 자초지종을 설명했다. 넘치는 기쁨을 주체 못하고 연신 깍깍 환호성을 질러 댔다.

"우선 첫 신규 축하해. 워워 진정하고~"

순서는 이러하였다. 먼저, 환자가 처방전을 들고 갈 수 있는 근처 약국에 가서 국장에게 제품의 재고 준비를 말씀드린다. 그런 다음, 재고 준비가 언제 가능한지 일정을 확인 후, 의사에게 처방가능 시기만 이야기를 드리면 되는 것이다. 설명을 듣고 즉시 병원 건물의 1층에 있는 약국으로 들어갔다.

나는 전문의약품 영업사원인지라 처방을 하는 의사를 만났었기 때문에 약국에 가는 일은 처음이었다. 옷매무새를 바로 하고 명함을 준비한 후 약국에 들어갔다.

"안녕하세요. ○○소아청소년과에서 저희 회사 약을 처방하신다고 하여 준비 부탁드리러 방문드렸습니다!"

그러자 갑자기 약조제실에서 앙칼진 목소리가 들렸다.

좌충우돌 영린이의 제약영업 이야기

"무슨 약을 쓴다고?"

그제서야 하얀 가운을 입은 50대의 여성약사가 얼굴을 보였다.

"당신이 의사야? 당신이 약사야? 요즘 건방진 영업사원들 참 많네. 그쪽이 왜 우리한테 약을 쓰라 마라, 준비하라 마라에요?"

예상치 못한 국장의 반응과 행동에 얼어 버리고 말았다.

선배가 알려준 대화 과정에서는 없던 질문이었다. 내가 무슨 말실수를 했나? 어떤 부분에서? 원인은 몰랐지만 우선 사과를 드렸다.

"그냥 나가 주세요. 기분 나빠서 쓰라고 해도 우린 약 준비 안 할꺼니까. 얼른 나가요!"

연신 사과를 했음에도 약사는 마치 들리지 않는 듯 행동했다. 일을 시작한 지 얼마 안 된 신입사원이라 나도 모르게 실수를 한 것 같은데 혹시 어떤 부분에서 잘못을 했는지 이야기를 해 준다면 고치고 앞으로는 잘못하지 않도록 하겠다고 연거푸 이야기를 했다.

결론은 이랬다. 약을 처방하고 조제하는 것은 의사와 약사인데, 약에 관한 결정권한이 없는, 그것도 오늘 처음 보는 영업사원이 재고 준비를 하라며 이래라 저래라 이야기하는 것 자체가 이해가 안 되고 기분이 나쁘다는 것이었다.

"제품 브로슈어를 가지고 와서 어떤 제품인지 소개해 주는 것도 아니고, 처음 보는 영업사원이 처음 와서 하는 말이 ○○약을 준비하라고 하니 내가 기분이 좋겠어요? 어이가 없네요. ○○제약 신은주. 기억할 거예요. 신입이라고 하니 이해는 하겠는데 다른 약국에서도 그렇게 행동하면 욕먹을 거예요. 조심하세요."

이대로 약국 문을 나간다면 회사 이름까지 먹칠하는 게 아닐까 싶은 걱정이 앞섰다. 어떻게든 약사의 기분을 풀어 드리고 나가야겠다고 마음을 먹었다.

　결국 1시간 동안을 두 손을 모으고 서서 혼났고 사과를 했다. 초등학생 때 이후에 정말 오랜만의 벌서기(?)였다. 그러곤 선배한테 다시 전화를 걸어 자초지종을 설명했다. 10년 넘게 제약영업을 해 온 선배도 겪어 보지 못한 상황이라며 당황해했다.

　"왜 그러시지? 나도 이런 일은 처음이라 황당하네……."

　뭐가 뭔지 모르겠는 상황이었다. 어찌됐건 의사는 처방을 해야 하는데, 약을 조제하는 약사는 나의 행동에 화가 난 상태라 약국에서 약을 준비해 줄지 확실히 모르는 상황이었다. 문제를 해결해야 했다.

　우선 이 상황을 원장에게 알려서 며칠 내에 처방하는 건 어렵다는 메시지를 전달해야 했다. 다시 병원에 올라갔지만 그 사이에 이미 대기실은 진료를 기다리는 환자들로 가득차 있었다. 1시간을 기다렸지만 계속되는 진료로 결국 그날은 만나지 못했고 다음날 병원을 다시 찾았다.

　"약국에서 전화 받았어요. 오늘 오전까지 약이 준비된다고 하니 오후부터 처방하려구요."

　예상과는 달리 의사는 약국에서의 일에 대해 전혀 모르는 것 같았다. 오히려 아무 일도 없는 것 같은 상황이었다. 어제 있었던 일을 간단히 말씀드렸었다. 의사 반응은 의외로 덤덤했다.

　"아…… 그 약사 진짜 이상한 사람이네. 그분 자주 그래요. 우리랑 오랫동안 거래했던 다른 제약회사 영업사원들도 몇 번 겪었던 일이라서…… 그냥 초반에 영업사원들한테 괜한 화풀이 같은 걸 하더라구요. 마음에 담지 말아요."

　반응을 보아하니 그런 일이 이전에도 몇 번 있어서 대수롭게 생각하지 않는 듯했다. 어찌되었건 약 처방은 문제없어 보여 다행이라는 것만이 중요했다.

면담을 마치곤 근처 빵집에서 사비로 파운드케이크를 하나 사서 약국에 갔다. 다시 한번 사과를 드리고 처방 준비에 대한 감사인사를 드려야 했다.

"국장님. 어제는 너무 죄송했었습니다. 다시 한번 사과드리려고 왔습니다. 그리고 방금 병원에 다녀왔는데 국장님께서 병원에 직접 전화 주셨다고 들었습니다. 정말 감사합니다." 국장은 노발대발했던 어제와는 다른 분위기였다.

"사실 내가 어제 개인적인 일 때문에 기분이 안 좋은 상황이어서 더욱 화를 냈던 것 같아요. 나도 미안해요. 기분 나빠서 다시는 우리 약국에 오지 않을 거라고 생각했는데 왔네요?"

하루 전과는 다르게 오히려 분위기는 금방 화기애애하게 풀렸고 그 이후로 꾸준히 처방은 잘 나왔다. 위에서도 언급했지만 전문의약품 영업사원은 제품 랜딩(Landing)을 알려드리거나 제품 클레임 등의 이슈 있을 때 아니고서는 약사를 만날 일이 없다. 하지만 이 약국은 정기적으로 방문하여 인사를 드렸고 처방을 유지하는 데에 개별 관리를 해야 했다.

그 일이 있은 후 얼마 안 되어 회사 내 지역 로테이션으로 내 담당지역은 남양주와 양주로 바뀌게 되었고 해당 약국에 마지막 인사를 갔었다.

"첫 만남에 나한테 혼나고 욕 먹고 기분 나빠서 다시는 안 올 거라고 생각했는데 그 후에도 주기적으로 찾아오는 모습보고 참 괜찮은 사람이라고 생각했어요. 은주 씨는 어디서 무얼 하든 성공할 거예요.

나중에 근처 지나가면 꼭 들려요. 따듯한 차라도 꼭 사 줄게. 그동안 고생 많았어요."

당시 이 에피소드는 첫 매출이라 기억에도 남지만 혼이 나면서 얻은 교훈도 있다.

약국에 제품 재고 준비를 할 때, 제약영업사원이 직접 약사에게 이야기해도 되는지, 아니면 의사나 간호사가 약사에게 이야기하는 건지 사전확인을 해야 한다는 것이다.

또한 약국에 방문을 할 때에는 빈손으로 가지 말고 제품 브로슈어 같은 자료를 항상 구비하고 다녀야 한다는 것이다.

당시에 준비를 부탁한 처방약은 국내에 출시된 지 매우 오래되었으며, 소아청소년과쪽에서는 유명한 약이어서 구두로만 설명하면 될 거라는 안일한 생각으로 제품 브로슈어를 준비해 가지 않았었다.

약사가 익히 알고 있는 약이라 할지라도 정확한 약 조제를 위해서 제품 브로슈어가 필요하기 때문이다. 그 일이 있은 후 지금까지 일을 하면서 약국에서 실수를 하거나 혼난 사건은 다행히도 없었다. 혹독하게 혼나며 배우던 그때가 교훈이 되어 지금까지 무사히 일을 잘 할 수 있지 않았을까 싶다.

눈치 없이 앉아 있네, 좀 서 있지!

○○○이비인후과에 들어가자 이미 대기실에는 두 명의 영업사원이 면담을 위해 앉아 있었고 환자는 없었다. 이 병원은 진료와 의사 개인 업무까지 끝나야 면담이 가능한 곳이기 때문에 1시간이 넘는 대기시간은 기본이었다. 그래서 환자가 뜸한 점심시간 직전이나 병원 퇴근 시간에 맞춰서 왔다. 하지만 그날은 다른 병원 업무로 일정이 꼬여서 애매한 시간에 간 것이다.

'여기 면담 끝낸 후 다음 병원까지 방문하고 점심 먹으면 오전업무는 알차게 마무리할 수 있겠다!'

당시는 일을 한 지 1년이 넘었을 때라 리셉션의 간호사들과도 안면이 트여 있는 상태여서 친근하게 인사를 드렸다. 먼저 온 다른 제약 영업사원들에게도 간단히 인사를 하고 쇼파에 앉는 순간,

"아. 환자도 없는데 제약사 직원들만 가득하네. 눈치도 없이 저렇게 앉아 있으면 환자들이 들어와서 어떻게 앉아? 좀 서 있지!"

간호사들끼리 하는 대화인 듯했지만 실은 영업사원들 들으라는 듯 큰 목소리로 소리를 지르는 수준이었다. 영업사원들은 당황한 듯이 서로 쳐다보았다. 무언의 눈빛이었지만 비슷한 감정을 느꼈으리라.

결국 몸을 일으켰다. 그렇게 한 10분을 서 있었을까? 먼저 온 영업사원 두 명은 바로 면담을 하고 나갔지만 그들의 표정도 썩 좋아 보이진 않았다. 그렇게 30분 정도를 벌 서듯 서 있었다. 앉아서 대기하라는 간호사 1명의 말에 멋쩍게 웃으며 대기실에 붙어 있는 건강검진 홍보 포스터를 괜시리 열심히 읽어 보는 척을 했다.

"앉아서 하루 종일 운전하다 보니 서 있는 게 편해서요. 하하."

만약 거래가 없던 병원이거나 처음 방문하는 병원이라면 서서 대기하는 것이 우선이고, 앉아서 대기해도 좋다고 이야기를 하면 앉는 것이 맞다. 나는 그곳에 환자로 방문한 게 아니니깐. 하지만 그곳은 인수인계 받을 때도 거래를 이미 오랫동안 해오던 곳이고 1년 넘게 인사를 드리던 거래처라서 평소에 사이가 나쁘지 않았는데도 갑작스럽게 그런 이야기를 들으니 당황스러웠다. 환자가 없었고 쇼파의 자리는 여유로웠다. 여러 상황을 생각하니 조금 서러워지기 시작했다.

'그렇게 큰 잘못을 한 건가?' '제약영업일을 한다고 무시하는 건가?'라는 터무니없는 생각까지 했다. 나중에 들은 이야기이지만 간호사 중 한 명이 의사의 아내였다(지금 생각해 보니 3명의 간호사가 비슷한 생김새를 가지고 있어서 모두 혈연관계였을지도 모르겠다). 간혹 의사의 가족 및 친지가 진료 접수 등의 병원 일을 도와주러 나오는 경우가 있다. 병원장의 아내이면 경영자의 입장인지라 이해는 되었다. 하지만 씁쓸함도 컸다. 그들이 영업사원의 사정까지 생각해줄 필요는 사실 없다. 하지만 5분도 서 있기 힘든 8월의 무더운 여름날, 발가락까지 시려운 1월의 한파에도 단 몇 분의 면담을 위해 먼 길을 달려오는 고생을 알아주어 조금의 배려와 친절함을 보여 주었다면 어땠을까 하는 아쉬움이었다.

영린이 꼬리표를 떼다

살이 10kg가 쪘다고? 너 일 좀 하는구나?

"음…… 살이 좀 찐 것 같은데 은주 씨. 요즘 살 만한가부네?"

제약영업 2년 차쯤 되었을 때 오랜만에 만난 지인들에게 주로 듣던 첫인사였다.

"음…… 살이 좀 찐 것 같은데 은주 씨. 요즘 일 좀 하는구나?"

비슷한 시기에 회사동료들에게 들은 이야기이다. 살이 찐 건 똑같은데 어쩜 이렇게 다르게 바라볼까? 제약영업 업계에서는 일 좀 열심히 하고 성과도 좀 나온다 싶은 사람은 대개 살이 찐다. 모든 사람이 다 그렇다는 것은 아니다. 마르고 평범한 사람들도 물론 있다. 개인적인 경험으로, 주변 타회사 동료들을 보면 성과 좋고 일 잘해서 나름 그 지역에서 이름 좀 알려진 사람들 대개가 살집이 좀 있는 사람들이었다.

나는 상업고등학교를 졸업하고 대학에 입학하기 전까지 국내 유명 제약회사의 영업지원팀에서 1년 정도 근무를 한 적이 있어서 그때부터도 영업사원들을 자주 보았는데 살집이 있는 사람들이 많았다. 당시에도 그렇고 이 일을 하기 전까지도 의문이었다.

'제약영업하는 사람들은 살 찐 사람들이 많구나.'

'왜 살이 쪘는데 안 뺄까? 왜 관리를 안 하는 걸까?'

'만약 내가 제약영업일을 한다면 (그럴 일은 없겠지만) 살 안 찌게 정말 건강하게 몸 관리를 할 수 있을 텐데.'

그랬던 내가 2년차쯤 되니 10kg가 쪄 있었다. 입사 당시에 어머니 간병과 일을 병행하며 평소 몸무게에서 4kg이 더 빠져 있던 걸 감안하면 14kg가 찐 것이다. 이전 회사에서 약 3년 정도 사무직 일을 할 때에는 한번도 살이 찐 적이 없었다. 야근을 많이 했어도 운동을 꼭 했고 나름 몸무게 조절을 잘 해 왔었다. 스트레스를 받아도 폭식을 하지 않았다. 그럼 지금은 왜 살이 찌는 걸까? 나름의 변명(?)을 하자면 다음과 같다.

우선, 일이 잘 풀린다는 건 저녁 8시, 9시까지 이어지는 제품설명회나 컨퍼런스(Conference)가 많아진다는 것이다. 식사와 술자리도 겸할 수 있는 행사들이기 때문에 늦은 시간까지 일하고, 먹고, 마시고 퇴근하는 셈이다.

또한 동네병원은 대개 오후 6시나 7시에 진료가 종료되는데 진료 종료 후에 면담이 가능한 병원들도 많아서 일이 끝나고 집에 가면 저녁 8시나 9시에 늦은 저녁을 먹는 경우도 많다. 하루 종일 찬바람 맞으며 일하다가 집에 들어오면 운동이고 뭐고 밖에 나가는 것조차 힘들어지고 귀찮아지는 나날들이 늘어 간다.

이에 더하여, MR(Medical Representative, 제약영업사원을 통칭) 모임도 참석해야 한다. 대부분 퇴근 후 술자리다. 지역 내 제약회사 영업사원들끼리 가지는 모임은 매출에 영향을 준다. 병원 개원 정보라든지, 의사 성향에 따른 영업전략 등, 내가 모르는 귀한 정보를 얻을 수 있기 때문이다. 이러한 모임까지 참석하다 보면 술자리는 자주 있는 일이다. 게다가 실적 압박으로 받는 스트레스는 자극적인 음식 섭취로 풀고, 회사 회식까지 겹치면 어느새 살집이 붙어 있는 내 자신을 볼 수 있다. 게으름에 대한 변명일수도 있다. 업무에 적응하고 성과도 내기 위해선 이러한 일련의 과정들로 살이 붙을 가능성에 노출이 많이 된다는 점을 이야기하고 싶은 것이다.

'뭐? 내가 몸 관리를 해?'

크게 반성했다. 내가 겪어 보지도 않았으면서 타인에 대해 함부로 생각하는 편협한 마인드도 바꾸게 된 계기가 되었다.

그런데 한편으로는 살이 찐 내 모습을 거울로 보며 이런 이상한 희열(?)도 느꼈다.

"이제 나도 진정한 제약영업인이 된 건가? 훗!"

차에서 햄버거 먹방 찍고 태블릿으로 업무도 하고!
대충 봐도, 살이 엄청나게 쪘다.
그만 좀 먹어라!

　　　　　　　　좌충우돌 영린이의 제약영업 이야기

빈손으로 의사선생님을 뵐 수는 없잖아요

리베이트 근절을 위해 제약회사는 자체적으로 공정거래자율준수프로그램인 Compliance Program(CP)을 규정하여 식대 및 판촉물의 비용과 회수를 제한하고 있다. 1인의 의사에게는 부가가치세를 포함해 만 원 미만에 한하여 판촉물을 구매하고 제공할 수 있다. 또한, 판촉물은 회사명이나 제품명이 표기된 스티커를 부착하여 제공한다.

커피 한 잔에도 5,000원이 넘는 시대인지라 구매할 수 있는 판촉물은 한계가 있다. 그러므로, 누가 더 획기적이고 아이디어 넘치는 판촉물을 준비하는지가 영업사원의 경쟁력이 된다.

가장 쉽게 하는 판촉물은 커피와 빵이다. 병원 근처 카페나 빵집에서 쉽게 구매할 수 있고, 빈손으로 가기 민망할 때 딱이기 때문이다. 그래서 오히려 선배들은 커피랑 빵은 하지 말라는 이야기를 한다. 너무 평범해서 안 주느니만 못한데 얼마 없는 영업 예산만 축내기 때문이다. 하지만 SNS(Social Network Service)나 방송에서 유명해져 줄을 서서 사 먹는 간식은 이야기가 다르다. 경기도에서 진료하는 의사들은 서울 강남, 광화문에 있는 맛집에 다녀오기 쉽지 않기 때문이다. 영업사원은 이동하는 노력이 들지만 감동을 주는 효과가 있다.

한창 대만샌드위치가 유행할 때 남양주 어느 40대 중반의 내과 남자의사에게 판촉물로 드린 적이 있다. 당시 병원 근처에는 대만샌드위치를 판매하는 가게가 없었을 때였다. 사실 그 원장님 드리려고 사러 갔던 건 아니다. 그날이 월요일이라서 오전에는 사무실에 출근 후 점심 먹기 직전인 애매한 시간에 출장을 나가게 되었다. 결국 같은 팀 동료들과 서울 삼청동 근처에서 점심을 먹었다. 마침 근처에 샌드위치 가게가 있다고 해서 내가 먹고 싶어 사러 갔던 거다.

남양주 내과 대기실에서 면담을 기다리며
원장님께 드릴 키위 주스 한잔 찰칵!

좌충우돌 영린이의 제약영업 이야기

'어차피 2시에 ○○내과 가야 하니까 사는 김에 판촉물로 한번 드려 볼까? 간식 같은 거 안 좋아하실 것 같긴 한데……'

원장님 성향 자체가 군것질 한 번도 안 하고 건강식만 드실 것 같은(?)분이여서 고민이 되었다. 게다가 워낙 그때 당시 유명해서 이미 드셔 보셨을 거라 색다른 판촉물은 아닐 듯 싶었다.

'안 드시면 다른 병원 의사 드리지 뭐.'

그런데 의외의 반응이었다.

"오. 이거 말로만 많이 들었지 못 먹어 봤어요. 우리 아내랑 아들은 먹어 봤대서 궁금했는데. 나만 못 먹어 봤거든. 잘 먹을게요."

점심식사 이후였는데도 바로 그 자리에서 한입 하셔서 뿌듯했었다.

이 외에도 자주 하는 판촉물은 각종 과자, 쿠키, 초콜릿, 사탕 여러 개를 세트로 포장하여 드리는 것이다. 진료 중간에 입이 심심할 때 간단히 먹을 수 있기 때문이다. 물론 포장지에 제품명이 표기된 스티커와 함께 말이다. 미니가습기, 미니화분 같이 진료실 책상에 둘 수 있는 판촉물도 가끔 했었다. 제품 스티커는 나중에 떼긴 하시더라.

개원한 의사 중 젊은 세대에 속하는 30대 의사들은 50대, 60대 중년층보다 판촉물을 준비하기 수월하다. 실용성보다는 독특하고 재미있는 것에 반응이 좋다. 퇴근하고 집에서 아내와 가끔 반주(飯酒)를 즐기는 30대 중반 의사부부에게 커플술잔을 만들어 드린 적도 있다. 여자용 술잔에는 '왜 이렇게 예뻐지니' 남자용 술잔에는 '왜 이렇게 멋있어지니' 등의 문구를 넣어서 만든 귀엽지만 조금은 유치한 술잔이었다.

"이게 뭐야. 푸하하. 너무 웃긴다. 귀엽다 귀여워. 아~ 우리 술 줄

이려고 했는데 힘들겠는데 이거."

　이런 선물을 50대의 의사에게 드리면? 반응이 똑같을까 싶다. 판촉물도 나이와 성향, 상황을 고려해서 한다.

　카카오톡, 페이스북 같은 SNS(Social Network Service) 프로필에는 주로 가족사진을 등록한다. 이러한 사진을 출력해서 액자로 만들어 판촉물로 드린 적도 있다. 포토샵을 조금 다룰 줄 알아서 사진에 문구를 넣거나 얼굴을 예쁘게 보정해 드리기도 했다. 반려견인 말티즈 한 마리를 자식처럼 키우는 50대 남자 의사분이 기억에 남는다. 자녀들이 유학을 갔었나 아무튼 어떠한 사유로 아내분과 강아지와 살고 계셨었다. 당연히 카카오톡 프로필은 반려견 사진이 가득했다. 강아지 이름이 잘 기억이 안 나는데 하여간 그 강아지 이름을 사진에 넣어서 액자로 드렸었다. 매우 좋아는 하셨는데 매출에 큰 도움은 없었던 씁쓸한 기억.

　안경을 쓰는 의사에게는 눈찜질기를 판촉물로 드렸더니 반응이 좋았다. 안대같이 생겼는데 버튼을 누르면 따듯한 온기가 나와서 눈 피로에 좋았다. 점심시간에 눈 찜질하면서 휴식하시라는 멘트와 함께 전달드리면 "요즘은 별게 다 있구나!" 하며 그 자리에서 바로 해보시는 유쾌한 분들도 있었다.

　여자의사는 온라인에서 유행하는 마스크팩, 선크림, 네일스티커, 립밤 등을 드리며 사용후기를 태블릿 화면으로 보여드리면 반응이 나쁘지 않다. 내 돈 주고 내가 사기는 망설여지지만 유명해서 사용해 보고는 싶은 그런 판촉물이 반응이 좋다.

　남자친구와 제주도로 여행 가서 친척과 친구에게 줄 선물을 살 때 판촉물도 같이 산 적도 있다. 돌하르방과 감귤모양의 비누였다. 돌하

르방은 색깔이 어두워서 그런지 감귤이 반응이 더 나았다. 짐이 무거워지는 고생은 조금 있다. 하지만 '여행까지 가서 선물을 챙기는 정성'을 느끼고, 별거 아닌 선물이었지만 깊은 인상을 심어 주었다.

해외여행 갔을 때도 판촉물을 사고 싶었지만 법인카드가 해외에서 결제가 될지 확실히 알 수 없었고 무엇보다 CP규정상 가능한지 애매한 부분이 많아 구매하지 않았다.

진료 쉬는 시간마다 틈틈이 독서를 하는 남자 의사에게는 중고책을 판촉물로 몇 번 드렸었다. 처음엔 새 책이 아니라 기분 나빠하지 않을까 걱정했지만 다행히 괘념치 않으셨다. 문제는 이분이 독서토론을 즐겨 하시는 분이었다. 게다가 독서왕이셔서 보통 사람들은 읽기 힘든 철학적인 주제, 경제학 같은 난이도 높은 책을 좋아하셨다. 독서토론을 하려면 나 역시 책을 읽고 가야 했다. 그게 나중에는 조금 힘들었지만 라포(Rapport, 유대관계) 쌓기에는 딱이었다.

미세먼지가 기승인 봄철에는 콧구멍에 끼는 마스크라는 조금은 독특한 판촉물도 드렸었다. 이건 내가 개인적으로 준비한 게 아니고 마케팅팀에서 단체로 구매해서 영업사원에게 판촉물로 쓰라고 나누어 준 것이다.

"콧구멍에 마스크를 끼어도 입으로 숨을 쉬는데 보호 효과가 있을까요?"

라고 학구적으로 반응하는 의사도 있고,

"으하하. 와이프 껴 보게 해야겠다."

하고 유쾌하게 반응하는 의사,

"이거 끼고 딸이랑 주말에 마라톤 했는데 아이디어 상품 같아요. 우리 애들 더 사 주려고 하는데 어디서 사면 돼요?"

라고 진지하게 착용해 주신 분들까지. 반응은 다양했다.

아는 선배는 집에서 과일도시락을 만들어 아이스박스를 차에 구비하여 거래처에 판촉물로 드렸었다. 명절에는 한복을 입고 의사에게 명절인사를 드리기도 했었다. 이렇듯 판촉물에 들어가는 각양각색의 정성, 노력, 감동은 영업사원의 경쟁력이고 매출성과에까지 영향을 준다.

좌충우돌 영린이의 제약영업 이야기

2년간 15만 원만 처방해 주는 의사

일하다가 허무함이 올 때는 아무래도 열심히 한 것에 비해 성과가 초라할 때가 아닐까 싶다. 누구나 그렇겠지만 말이다. 전임자에게 인수인계 받을 때 월 처방액이 10만 원 정도 나오는 남양주의 어느 내과가 있었다(참고로 병원의 처방액은 영업사원에게 매출액, 성과액 그대로 적용된다).

해당 병원을 월 100만 원의 [증량처]로 목표를 설정하고 매출을 키우기 위해 2주에 1번씩 제품설명회를 하며 맛있는 도시락을 준비했다. 제품 디테일도 열심히 했고 의사의 반응 역시 나쁘지 않았다.

"같은 성분의 제품이면 이왕 처방하는 거 열심히 하는 영업사원 회사의 약에 더 손이 갈 수밖에 없지요."

성실히 잘하니 좋은 결과가 있을 거라며 의사에게 격려와 칭찬도 많이 받았었다. 그래서 라포(Rapport, 유대관계) 형성도 깊었던 병원이었다. 그런데 이건 나만의 생각이었다. 2년 동안 월 15만 원 이상 처방액이 나온 적이 없었으니까 말이다.

1년차쯤 되었을 때 딱 한번 50만 원이라는 처방액이 나온 것을 보고 희망을 보기도 했다.

'10만 원에서 50만 원! 더 나아가 100만 원까지! 열심히 하면 언젠간 많이 처방해 주실 거야.'

하지만 다음달에 20만 원이 되더니 그 다음달에는 다시 10만 원 대로 복귀하는 것이 아닌가? 이렇게 2년이 지나다보니 비용과 시간 투자 대비 월 15만 원은 비효율적이라는 판단이 들었다. 정확히 이야기하자면,

'이렇게 열심히 해도 더 이상은 희망이 보이지 않는다.'

결국 해당 병원은 [관리처]로 전략을 바꾸었다. 관리처는 매출 증액이 아닌 유지를 위해 말 그대로 관리만 하는 거래처로 생각하면 된다. 6개월을 관리처로 방문했음에도 매출액은 10만 원이 나왔다. 결국 그 병원은 아무리 열심히 해도 15만 원이 최대였던 것이다. 처음에는 그저 야속했다.

'이렇게 열심히 했는데 왜 알아주지 않는 거야?'

'처방 늘려 줄 것처럼 이야기나 하지 마시지. 속상하다.'

의사에게 서운함을 직접적으로 비추진 않았지만 20년이 넘는 의사 생활의 짬(?) 덕분인지 내 마음을 짐짓 아시는 듯 했다.

"우리 병원이 환자가 북적북적 많은 곳도 아니고, 오는 환자는 정해져 있는데 약을 많이 못 써 줘서 나도 참 속상하네."

다독이는 듯한 말씀을 들으니 불현듯 떠올랐다.

'내가 의사라면?'

반대의 입장으로 나를 바라보니 곤란할 수 있겠다 싶었다. 우선, 나보다 더 열심히 하는 영업사원들이 얼마나 많겠는가? 또, 환자 수는 정해져 있는데 자기네 약 좀 써달라고 하는 사람들은 많을 테니 어쩌면 월 15만 원 처방은 그분에게는 최선의 선택이었을 수도 있다.

직접 말하진 않았어도 이런 이유도 있을 수 있다. 우리 회사 약의 효능이 생각보다는 별로였다던가, 처방케이스가 정말 없었다든가. 나는 열심히 한다고 했지만 그분에게는 눈에 차지 않았다든가. 등등.

현실을 이야기하자면, 전문의약품 영업사원이 현장에서 만드는 매출스타일이 대부분 저렇게 소액처라는 것이다.

1명의 영업사원이 월 2000만 원, 월 700만 원 같이 고액의 처방처를 만들어 내기 쉽지 않다. 있어도 몇 개 정도? 내가 담당하는 지역의 의료기관은 약 300개였다. 부끄럽지만 그중 고액처는 10개 이내였다. 월 1000만 원 처방처 2개, 500만 원~700만 원 처방처가 4~5개 정도.

결국 보통의 영업사원들은 저러한 소액 매출 병원들을 모아모아 키워서 실적을 이루어 간다. 티끌 모아 태산이랄까?

월 15만 원만 처방해 주는 의사? 영업사원에게는 특별하지 않은, 그저 흔한 일일 뿐이다.

14화

병원 입구 앞에서 1시간 동안 꿀잠 자기

영업을 할 때 가장 지치게 하는 건 단연코 '여름 더위'였다. 운 좋게 병원 건물 내부에 주차하면 다행이지만 주차도 경쟁이라서 야외주차가 대부분이다. 강렬한 햇빛에 오래 노출된 차에 타고 내리기를 반복하는 것만으로도 온몸에 땀범벅은 기본이요, 체력이 금방 바닥나곤 했다. 원체 더위에 약한 체질도 한몫했다.

2018년 7월 말부터 8월 초, 유독 살인적인 더위가 심했던 그해 여름은 결코 잊지 못한다.

더위를 먹지 않게 수분 보충을 자주 해도 두통, 체력 저하로 일이 손에 잡히지 않았다. 걷다 쓰러질 것 같은 느낌에 은행에서 쉬었다 간 적도 여러 번이었다. 카페에서 시원한 커피 한잔하며 휴식을 취하는 것도 한두 번뿐이었다.

그해 여름날은 퇴근하면 울다 잠드는 게 일이었다. 저녁 10시에 남자친구에게 무작정 전화를 걸어 '너무 힘들다' '너무 힘들어'만 반복하며 1시간 동안 엉엉 울기도 했다.

선명히 보이는 2018년 8월의 차량 내부 온도

'더운 게 힘들어서 우는 걸까?'

'내가 선택한 이 일의 회의감이 와서?'

'이런 더위에 밖에서 일하는 사람이 나만 있는 게 아니잖아?'

'내가 이렇게 엄살이 심했나?'

여러 생각들에 복잡했다.

더위와 생리통의 콜라보레이션(Collaboration)으로 생긴 즐거운 에피소드가 있다. 무더위가 절정이던 어느 여름날 남양주 ○○병원에 대기실에 있을 때였다. 아침에 출근할 때는 괜찮았던 복통과 요통이 점점 심해지더니 이내 구역질까지 나기 시작했다. 차마 웃으며 면담할 몸 상태가 아니라고 판단을 하고 간호사에게는 다음에 다시 방문하겠다고 정중히 이야기한 후 병원을 나왔다.

'진통제 먹고 조금 쉬었다가 빡세게 거래처 돌자.'

병원을 나왔지만 막상 쉬러 갈 곳이 없었다. 카페를 갈까 싶었지만 괜한 커피값에 영업 예산을 쓰는 게 아깝게 느껴졌다. 하는 수 없이 병원 뒤 야외에 주차되어 있는 차에서 쉬어야 했다. 그리고 에어컨을 켜기 위해선 시동도 걸어야 했다.

그렇게 10분을 누워 있었을까. 거칠게 창문을 두드리는 소리가 났다.

"아가씨, 지금 주차하려고 대기하는 차들 안 보여? 볼일 다 끝났으면 나가 줘야지!"

왜 경비 아저씨, 주차 관리하는 아저씨들은 무조건 반말부터 할까? 컨디션이 안 좋으니 괜한 생각까지 하며 짜증이 났다. 핸들에 화풀이를 하듯 거칠게 움직이며 동네를 물색했다. 그러다 경비아저씨가 없어 보이는 이름 모를 상가 건물 주차장에 들어갔다. 시동을 끄자 역시나 차 내부는 금방 더워졌다.

'헉.'

식은땀이 쭉 흐르며 허리와 배를 누군가 내리치는 듯한 통증이 미친 듯 올라왔다. 서둘러 진통제 두 알을 입에 삼켰다. 하는 수 없이 시동과 에어컨을 다시 켜고 눈을 감고 누웠다. 20분쯤 지났을까? 또 거침없이 창문을 두드리는 소리가 들렸다.

"공회전 금지인 거 몰라요? 시동 꺼 주세요."

사실 봄이나 가을에는 시동을 켜지 않고 차 안에서의 휴식이 가능한데 여름과 겨울은 이게 불편했다.

어디서 쉴 수 있을까 고민해 보니, 다음에 면담하겠다고 나온 병원 문 앞에 있던 간이의자가 떠올랐다. 어차피 면담하러 다시 가야 하기도 했고, 건물 내부라서 많이 덥지도 않을테니 그쪽에 잠시 앉아서

좌충우돌 영린이의 제약영업 이야기

쉬어야겠다 싶었다.

막상 와 보니 그냥 딱딱한 플라스틱 의자도 아니고 꽤 푹신한 쿠션이 있는 의자가 세 개가 붙어 있었다. 그제서야 편히 쉴 수 있겠구나 하며 이상하게 마음이 안정이 되었다.

잠시 후.

"젊은 아가씨가 왜 여기서 이렇게 누워서 자? 병원 온 거야? 걷기 힘들면 간호사한테 이야기해 줘요?"

나도 모르게 잠이 들었었나 보다. 눈을 떠 보니 어느새 혼자 의자 세 칸을 다 차지하고 가방을 베개 삼아 쪼그려 누워서 자고 있었다.

"괜찮습니다. 고맙습니다."

주섬주섬 일어나 보니 등은 어느새 땀에 흠뻑 젖어서 옷은 축축하게 젖어 있었고 얼굴에도 식은땀이 흘러 곱게 했던 화장은 다 지워져 창백한 몰골이 되어 있었다. 벌써 1시간이 지나 있었다. 나도 모르게 웃음이 픽 하고 나왔다. 지나가던 사람들이 나를 보며 무슨 생각을 했을까, 병원 의사들이 혹여 화장실을 쓰려고 밖에 나오다가 자고 있는 나를 보진 않았을까, 이게 무슨 지지리 궁상인가 싶었다.

"어라?"

몸을 일으키는데 왜인지 모를 가뿐함이 느껴졌다.

마치 찜질방에서 땀을 쫙 빼고 나온 개운함과 시원함이 동시에 느껴졌다.

이번엔 "푸하하!" 하며 웃음이 터져 나왔다.

흐느적흐느적 가방을 챙기고 화장실에 들어가 세수와 화장을 새로 했다. 다행히 여분으로 챙겨 놓은 블라우스도 차에 있어서 갈아 입은 뒤, 섬유유연제를 온몸에 치익 뿌렸다. 그제서야 정신을 차릴 수 있었다.

지금 생각해 보면 왜 저렇게 미련스레 일을 했나 싶기도 하다. 오전 반차를 쓰든가, 시원한 카페에서 쉬든가, 아니면 친한 원장님께 가서 영양수액 하나 놔 달라고 하고 1시간을 푹 자든가 했어도 되었는데 말이다. 그런데 그땐 그냥 그렇게 하고 싶었다. 그렇게라도 일을 해야 한다는 의지가 불타올랐었다.

여름은 영업사원을 지치게 한다. 그래도 전국의 수많은 MR들이 더위를 이겨내기 위한 고군분투를 하고 있다. 영업사원은 하루에 최소 10개, 최대는 20개의 거래처를 돌아야 하는데 여름이라고 다르진 않다. 땀이 나고 마르고를 반복하면 스스로 느껴질 정도의 땀 냄새가 난다. 섬유유연제는 당연하며, 땀 억제 화장품을 수시로 발라 주고 여벌의 옷을 가지고 다니면서 갈아 입을 만반의 준비를 한다.

휴대용 선풍기로 열 식히며 거래처 가는 길

이렇게 철저히 땀냄새를 감춘다 해도 실내에서만 진료하는 의사들은 냄새를 느낄 것이다. 그럼에도 여름날 고생하는 영업사원들을 오히려 안타까워 해 주고 시원한 음료수를 주기도 하며 병원대기실에서 에어컨 바람 쐬고 쉬었다 가라고 배려해 준다. 가끔은 에어컨 바람 쐬며 실내에서 일하는 의사와 병원직원이 부럽게 느껴진 적도 있다.

아는 후배는 여름에 면담하러 진료실에 들어갔다가 훅 들어오는 땀 냄새에 의사가 불쾌해하며 비즈니스 에티켓(Etiquette) 좀 지키라

좌충우돌 영린이의 제약영업 이야기

고 면박을 주어 서둘러 병원을 나온 적이 있다고 한다.

혹시라도 이 글을 읽는 제약영업을 꿈꾸는 취업준비생들은 너무 걱정하지 말았으면 한다. 여름, 겨울만 버티면 만개한 벚꽃을 볼 수 있는 봄과 낙엽이 지는 고독한 분위기의 가을을 느낄 수 있는 일도 바로 제약영업이다!

거래처 다녀오니 한겨울 차 안에서 꽁꽁 얼어 버린 물통!
너무 웃겨서 뒤집고 인증샷!
녹여서 쫄쫄쫄 조금씩 마시는 재미가 꽤 쏠쏠했다.

2년차에 온 우울증

　2년차쯤 우울증이 왔다. 아니 그랬던 것 같다. 병원에서 진단을 받은 건 아니었는데 여러 증상들을 종합해 보면 그랬다.

　단지 조금 스트레스를 받는 거라고 생각했다. 1년은 신입사원으로서 적응하고 뭐든 닥치는 대로 한다고 정신없이 살아서 모르고 지나온 듯하다. 병원대기실에서 나도 모르게 눈물을 흘리는 일을 겪고 나서야 '뭐지' 싶었다.

　매일 돌아가신 어머니 꿈을 꾸며 괴로움에 깨거나 울면서 깨는 게 일상이었다. 운전을 할 때는 사고로 죽어 모든 게 끝나면 어떨까 싶은 생각을 했다. 집에서 술을 마시는 날이 점차 늘었고 스트레스성 위염으로 응급실을 가는 날도 잦아졌다. 현실이 꿈이고, 꿈이 현실이었으면 했다. 왜 살지? 일은 왜 하지? 돈은 왜 벌고? 우울하고 지루하고 감정 없는 하루하루였다. 인생무상의 하루가 점차 늘어나자 스스로가 이대로 지내면 안된다는 생각이 들었다.

　병원을 돌아다니는 게 내 일이다 보니 정신건강의학과에서 진료를 받는 건 일도 아닐 정도로 쉬웠다. 하지만 담당지역에 있는 모든 병원은 '내 거래처'라는 인식이 강했고, 거래처에는 항상 밝고 정리된 모습을 보여야 한다는 나만의 원칙이 있었기 때문에 진료를 받지 않았다. 거래처에서는 누구보다 행복하게 웃으며 미소 지었지만 진료실 밖을 나서면 표정 없이 다니는 날들이었다.

이런 나에게 일상을 바라보는 전환점이 되어 준 건 2018년도 5월에 다녀온 평범한 제주도 여행이었다. 정확히는 '비행기를 타 본' 경험이 내 일생을 바꾸어 주었다.

부끄러운 이야기인데 30살 전까지 비행기를 타고 외국에 가 본 경험이 없었다.

고등학교 2학년 제주도로 수학여행을 갈 때 비행기를 처음 타 보았는데 그때는 학년 전체가 다같이 움직이다 보니 설레고 무섭긴 했지만 이렇다 할 특별한 기억은 없었다.

어쨌든, 제주도를 가는 비행기 안에서 나는 창가 자리에 앉았고 맑은 날씨 덕분에 구름 아래 세상이 선명하게 보였다. 멍하니 하늘 아래를 바라보니 빌딩, 아파트, 사람이 너무 작아서 하찮게 보이기까지 했다.

'조금만 높은 곳에 올라와도 참 작은 세상이다. 저 작은 세상에서 울며 괴로워하며 보내기에는 시간이 아깝다. 내가 울고 슬퍼해도 세상은 잘 돌아간다. 그럴 바에는 행복하게만 살아 보자. 내가 하고 싶은 것, 안 해 보았던 것, 돈 없어서 못 해 보았던 것 다 해 보면서 살아 보자. 당장 내일 죽을지 1시간 후에 죽을지 모르는 세상이다. 죽기 전에 안 해 봐서 후회로 남을 일 만들지 말자.'

저 큰 아파트들도 조금만 높은 곳에서 내려다보면
한없이 작게 느껴진다.
하물며 사람은 어떻겠는가?

좌충우돌 영린이의 제약영업 이야기

갑자기 심장이 쿵쿵 뛰었다. 설레기 시작했다. 세상에 할 수 있는 일이 앞으로 무궁무진하다 생각하니 아드레날린이 솟구쳤다. 전에 없던 낯선 설렘과 기쁨, 행복이 온몸에 소용돌이쳤다.

처음 해 본 것은 해외여행이었다. 돈 없어서 해 볼 생각도 못한 일이었다. 비용이 문제가 아니었다. 얼마나 비싸든 당장 갈 수 있는 곳으로 예약해 버렸다. 처음 가 본 곳은 괌이었다. 두 달 후에는 중국을 시작으로 일본, 보라카이, 러시아를 갔다. 30년 동안 못 가 본 해외를 2년 동안 5번을 갔다. 괌을 가는 비행기 안에서 바깥 풍경을 바라보며 느낀 희열은 짜릿했다.

'그래 이거야.'

2018년 8월 처음 가 본 해외여행!
괌 공항에서 내린 직후!
(내가 외국에 있다니……)

두 번째로 간 중국여행, 자금성을 배경으로!

좌충우돌 영린이의 제약영업 이야기

8월의 보라카이,
망고 아이스크림이 너무 맛있던 기억이!

한 겨울의 일본 유후인 여행!
료칸(일본 숙박시설)의 온천을 배경으로!
고등학교에서 필수과목으로 배운 일본어를
10년 만에 유용하게 사용했다.

좌충우돌 영린이의 제약영업 이야기

러시아 블라디보스크!
롱패딩을 입은 사람은 한국사람뿐······

　처음으로 기내식도 먹어 보았다. (짜릿했다!) 낯선 나라, 낯선 사람들 속에서 걷고 낯선 문화와 음식을 느끼는 것은 나에게 살아갈 희망과 열심히 일해서 돈 많이 벌어야겠다는 동기를 주었다. 그래서 지금은 반기에 한 번 이상은 가까운 곳이라도 해외여행을 꼭 간다. 2020년은 코로나로 잠시 그 계획이 중단되었지만 말이다.

　두 번째로 해 본 것은 댄스학원 다녀 보기였다. 초등학교 6학년까지 내 꿈은 가수였다. 오디션도 보러 다녔었다. 춤추는 것을 좋아했지만 배워 본 적이 없어서 늘 가슴속에 정식으로 배워 보고 싶은 학구열을 품고만 살았다. 그렇게 20대 후반이 되니 이 나이에 무슨 춤이야 싶었다. 실제 댄스학원 수강생 연령이 대부분 10대에서 20대 초반이다. 그랬던 내가 앞뒤 재지 않고 초급반에 무작정 등록했다. 수강생들은 초등학생 1학년부터 20대까지 다양했고 역시나 내가 나이가 제일 많았다. 심지어 강사선생님이 나보다 어렸다. 그래서 강사가 몇 살이냐고 물어봤을 때 2살 어리게 이야기했다. (그럼에도 나이가 제일 많았다.) 그때를 시작으로 지금은 어느새 혼자 연습실을 빌려 음악에 맞춰 자유롭게 춤을 추고 영상을 만드는 수준이 되었다.

댄스학원 초급반 시절

세 번째로 해 본 것은 다이어트였다. 평생에 다이어트를 해 본 적도 없었는데 2019년도 4월부터 6개월간 10kg을 감량했다. 힘들었다. 그때마다,

좌충우돌 영린이의 제약영업 이야기

'죽기 전에 한번쯤은 날씬해 본 적이 있어야 하지 않겠느냐'는 마음을 먹으며 눈물로 음식을 참고 매일 고강도의 홈 트레이닝(Home Training, 집 안에서 하는 운동)을 했다.

공인중개사 자격증에도 도전해 보았다. 퇴근하고 자기 전까지 매일 3~4시간을 3개월간 공부했다. 마음만 열정이 있으면 뭐하는가? 머리가 안 따라오는데, 역시나 합격은 못했다. 하지만 이 도전은 죽기 전에 다시 한번 해 보려 한다.

마지막으로 해 본 것은 책 쓰기이다. 글쓰기에는 전혀 소질이 없고 독서도 안 하며 살아온 내가 책을 쓴다는 생각은 살면서 단 한번도 해 본 적이 없는데 이렇게 쓰고 있지 않은가?

'살면서 한번쯤은 내 이름으로 책을 써 보자.'

'죽기 전에 한번은' '살면서 한번은'이라는 내 삶의 가치관에는 공통점이 있는데 죽음을 전제한다는 것이다. 왜 이런 가치관을 가지게 되었는가 생각해 보았는데 아마 어머니의 투병과 죽음을 옆에서 바라본 것이 큰 영향을 주었지 않을까 싶다. 하지만 나쁘게 생각하지 않는다. 결국엔 도전해 보고 경험해 보려는 긍정적인 영향을 주니까 말이다.

제주도 여행을 위해 탄 비행기 창가 자리에서 바뀐 나의 가치관은 우울증을 날려 버리고 나아가 살아가는 원동력과 무엇이든 도전하고 해 보려는 나로 바꾸어 주었다(참고로, 이때 이후로 늘 비행기에서는 창가에만 앉는다).

때때로 사람은 물건, 순간의 상황, 상대방의 말 등 사소한 것에서도 살고 싶은 마음을 생기게 하는가 하면 죽고 싶은 마음을 가지게 한다.

나는, 별거 없는 내 삶이지만 누군가에게 살고 싶게 하는 희망을 주었으면 좋겠다.

'이야, 이 사람 참 어린 나이임에도 다사다난하게 살았네. 나도 참 힘든데…… 죽고 싶은데 더 살다 보면 '신은주'라는 사람 인생처럼 즐거운 날도 오겠구나. 나도 살아 봐야지.'라고.

당신은 당신을 살고 싶게 했던 순간이 언제였는가?

세상은 넓고 할 일은 많다.

　　　　　　좌충우돌 영린이의 제약영업 이야기

16화

제약영업의 매력? 농땡이 순간포착!

어찌 매일을 근무시간 내내 열심히 뛰어 다니기만 하겠는가? 당연히 쉬어 가는 시간이 있어야 또 일할 힘이 생기는 법! 게다가 사무실 안에서 하루 종일 일하는 사무직보다 휴식과 농땡이가 다양하다는 게 제약영업의 매력 중 하나인데 말이다.

나는 노래 부르기를 좋아하여 동전노래방을 애용하였다. 점심 먹고 20분 정도 실컷 지르고 나오면 오전에 받았던 스트레스가 쫙 풀렸다. 보통 낮에는 손님이 없거나 중고등학생이 많은데, 왠 정장 입은 직장인이 열창 후 후련한 모습으로 노래방을 나오는 게 진풍경이었을 거다. 요즘은 동네에 동전노래방이 많이 생겨서 멀리 안 가도 되어 좋아하는 농땡이 중 하나였다.

가장 기억에 남는 농땡이 중 하나는 점심시간에 커피 하나 사들고 양주 꽃 축제에 갔을 때이다. 혼자 사진도 찍고 지나가는 사람들에게 부탁해서 사진 촬영을 하여 동료들에게 자랑을 했다. 동료들과 대화하는 카카오톡 단체 채팅방에 사진을 올리면서 말이다. 동료들 담당 지역은 서울이라서 꽃 축제가 있는 경기도 담당자인 나를 매우 부러워했다.

매우 열창 중인 모습이다.

"신은주 일 안 하냐? 아~! 부럽다."

"팀장님한테 일러도 되지?"

기분전환 제대로였다. 사무실에서만 일했다면 이런 호화로운 농땡이를 부릴 수 있었을까?

'I love my job!'을 마음속으로 연신 외쳤다.

남양주와 미사 사이에는 한강이 쭉 펼쳐져 있어서 강을 따라 예쁜 카페가 많다. 남양주 덕소에서 차로 5분도 안 되어 도착하는 곳이다. 귀여운 케이크나 쿠키가 많아서 판촉물용으로 사러 자주 갔었다. 산책할 수 있는 공원도 있어서 간 김에 겸사겸사 콧바람도 쐬었다. 따스한 봄에는 벚꽃 산책이라는 여유도 맛볼 수 있었다.

좌충우돌 영린이의 제약영업 이야기

양주 꽃 축제. 혼자 신났다. 까흥!

　이때 마침 근처에 있는 타회사 동료들과 연락이 된다면 모여서 식사도 하고 거래처에 대한 정보공유를 하는 티타임을 가진다. 영업이슈를 공유하는 모임이라 유익하긴 했지만 자주 참석하지는 않았다. 정해진 점심시간보다 늦게 끝날 수가 있어서 업무에 지장을 줄 수도 있고 무엇보다 난 혼자 노는 게 더 좋았다.

　춘곤증이 오는 봄에는 점심식사를 마치고 차 안에서 잠깐 수면을 취하는 것도 꿀 같은 시간이다. 장마기간에는 카페에서 커피 한잔하며 쏟아지는 여름비를 멍하니 보는 것도 낭만 있는 농땡이다.

강이 보이는 카페에 앉아 태블릿으로 서류 업무 하는 중

　농땡이는 아니지만 점심을 집에서 먹고 일한 적이 있었다. 도봉구 지역을 담당할 때였다. 거래처 5곳이 우리 집과 걸어서 3분도 안 되는 거리에 있었기 때문에 점심식사비용도 아낄 겸 집에서 밥을 먹고 오후에 일을 하러 나갔었다. 참 진귀한 경험이었다고 생각했지만 알고 보니 이런 일이 제약영업 업종에서는 꽤 있었다. 나뿐만 아니라 본인 거주지와 가까운 지역을 담당하는 경우가 꽤 많아서 점심식사를 집에서 해결하거나 급한 집안일을 손쉽게 처리할 수 있어 편했다.

17화

선배님! 영업은 어떻게 해야 하나요?

얼마 전 신입사원으로 입사한 여자후배와 식사할 기회가 있었다. 나보다 1살 어린 또래였지만 최근까지 학원에서 아이들을 가르치다가 뒤늦게 제약영업에 뛰어든 친구였다.

"선배님! 내일 당장 일을 시작해야 하는데 뭐부터 해야 할지 도저히 감이 안 와요. 의사한테는 무슨 말을 해야 하나요? 제품 이야기는 언제 하는 게 좋을까요? 영업은 도대체 어떻게 하는 건가요?"

입사하고 한 달이 채 안되었을 무렵 선배들에게 하던 질문을 내가 받으니 기분이 이상했다. 4년 전으로 돌아간 기분. 마치 언어가 통하지 않는 외국에서 길을 잃어 헤매고 있는 아이 같은 심정으로 물어봤다. 나는 입사하고 전임자에게 거래처 인수인계를 일주일간 받자마자 혼자 영업현장에 투입되었다. 신입사원 기본교육은 2개월 후에나 있었고 제품교육을 따로 받은 시간이 없었다. 거래처 특이사항과 간단한 내용만 인수인계 받은 게 다였다.

오죽하면 영업사원은 의사와 선약을 해야 면담이 가능한 줄 알았다. 환자는 진료를 보니까 의사와 만나지만 영업사원은 연고도 없는데 의사가 왜 만나 줄까? 신기했다. 대기실에서 기다리기만 하면 면담을 할 수 있다는 게 낯설게 다가왔다.

제일 답답했던 것은 일의 하나부터 열까지 알려 주는 사수나 선배도 없고 참고할 업무지침이 없었다는 것이었다.

그도 그럴 것이 이전에 사무직으로 근무할 당시에는 전임자 혹은 동료가 바로 옆에 있었기 때문에 언제든 물어볼 수 있었다.

[1단계: 병원에 들어가서 원무과 직원이나 리셉션의 간호사에게 인사를 하고 원장님과 면담이 가능한지 묻는다.]

[2단계: 면담이 가능하면 대기실에 조용히 앉아 차례를 기다린다.]

[3단계: 면담이 불가능하면 브로슈어와 명함을 전달하고 면담가능 일정을 물어본다.]

[4단계: 면담이 시작될 때에 서두는 ~한 말을 하는 것이 좋다.]

같은 정형화된 업무지침 프로세스가 있었으면 했다. 정말 무엇부터 해야 할지 몰라 선배들에게 물어보면 돌아오는 대답은 다들 짜맞춘 것처럼 이러했다.

"영업에 정답이 어디 있어? 알아서 하는 거지."

"일단 가서 무작정 의사들 만나. 부딪혀 가면서 배우는 거야."

지금 와서 하는 이야기지만 이렇게 애매모호한 대답을 몇 번 들으니 나중에는 화가 나고 짜증이 났다. 대답해 주기 귀찮아서 얼버무리는 건가? 영업노하우라서 일부러 이야기 안 해 주시나? 수많은 생각을 했다. 게다가 저렇게 조언을 받으면 구체적인 상황으로 꼬치꼬치 물어보는 데에 눈치가 보였다. 내 솔직한 마음은 이랬다.

'제가 알고 싶은 내용은 말이죠. 무작정 방문하면 의사와 면담이 가능한건가요? 저는 지금 회사를 대표해서 거래처를 만나는 건데 약에 대한 복용법도 모르는 제가 의사를 만나면 무슨 이야기를 해야 하나요? 의사들이 우리보다 약에 대해 더 잘 알 텐데 우리의 역할은 구체적으로 무엇인가요? 제품 디테일은 의사와 몇 번 정도 만난 후부터 하면 되나요?'

정말 영업의 '영' 자도 모르는 초보적 질문이지만 신입사원이라면 응당 궁금할 수 있는 내용이라고 확신한다. 나에게 질문한 후배의 궁금증에도 이런 의미가 있겠지 싶었다.

그런데 막상 대답을 해 주려니 어디서부터 어떻게 대답을 해 줘야 할지 난감했다. 영업은 어떻게 하는 거냐는 질문은 포괄적이며, 무엇보다 선배들이 나에게 해 준 대답처럼, '무작정 병원 들어가서 부딪혀 보는 게' 맞았기 때문이다. 4년 전 선배들의 마음도 이랬을까?

"처음 만나는 의사에게 어떤 이야기로 서두를 꺼낼지가 가장 궁금하죠?"

"네! 맞아요! 또 있어요! 제품 디테일은 의사와 몇 번 정도 만난 후에 하는 게 좋을까요?"

4년 전 내가 앞에 있다고 생각하며 차근차근 이야기를 해 주었더니, 그제서야 후배는 환하게 웃어 보였다.

영업이라는 직군은 정해진 지침도, 정답도 없다. 만나는 사람이 다 같지 않기 때문이다. 어떠한 사람이냐에 따라 그때마다 다르게 바뀌는 말투와 태도, 나누는 대화의 수준과 내용, 약에 대한 관심도, 디테일의 방법, 브로슈어를 전달하는 수단이 다르고 그것 자체가 영업이기 때문에 영업은 무엇이라고 하기가 애매하다.

정답이 없어서 힘들었지만, 정답이 없었기에 보람을 느낀 것 역시 제약영업이었다.

입사 2개월 후 받은 신입사원 입문교육! 동기들과 함께!

좌충우돌 영린이의 제약영업 이야기

나는 1인 개인사업을 운영하는 사장이다

우리 회사는 일주일에 두 번 사무실에 출근했다. 서류업무를 끝내고 오전 10시쯤 각자 담당지역인 현장으로 출장을 나갔다. 사무실을 출근하는 그 잠깐을 제외하고는 인적, 물리적, 공간적 제약 없이 외부에서 나 홀로 일하다가 현장에서 바로 퇴근을 했다. 외형적으로 보면 '개인사업을 운영하는 사장' 같았다. 그러다 보니 자연스레 이러한 마인드로 일을 하게 되었다(스스로에게 이렇게 주문을 걸었다는 게 맞는 표현일지도).

'나는 내가 운영하는 회사의 제품을 판매하는 1인 사장이다. 내가 많이 팔고, 내가 열심히 뛴 만큼 보상이 온다. 내 차는 내 전용 사무실이고 내가 가지고 다니는 태블릿은 내 전용 컴퓨터다.'

이런 생각은 30초의 짧은 의사와의 만남도, 단돈 5,000원의 실적도 소중하게 여기도록 만들었다.

어쩌면 제약영업의 특수한 근무환경이 만들어 낸 셀프리더십(Self-Leadership)이 아닐까 싶다.

차 안에서 제품시험 공부 중!
분기별로 제품에 대한 디테일
스크립트(Script)시험을 본다!

좌충우돌 영린이의 제약영업 이야기

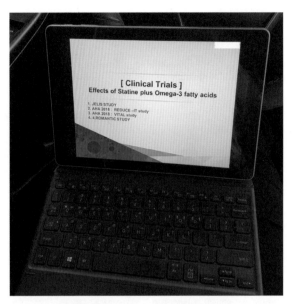

운전석에 앉아 태블릿으로 학술발표 연습 중

　나의 작은 경차는 나만의 전용 사무실이었다. 거래처 이슈나 제품 공부처럼 암기해야 할 내용을 메모지에 작성하여 핸들 옆에 덕지덕지 붙이고 다녔다. 브로슈어, 논문자료, 계약서는 사무실 책상 서류 정리하듯 트렁크에 정리해 넣고 다녔다. 자동차 핸들에 태블릿을 비스듬히 올려놓고 서류작업을 했고 판촉물 포장 작업도 차에서 했다.

병원 들어가기 전
차 안에서 얼굴 상태 확인하기!

좌충우돌 영린이의 제약영업 이야기

19화

오고 가는 명함 속 싹트는 성과

일을 시작한 지 5개월 쯤 지났을까, 양주를 담당할 때였다. △△소아청소년과 병원 대기실에 앉아 있는데 정장을 빼입은 남자 한 명이 들어왔다. 약밥을 먹는 영업사원이라는 느낌이 왔다. 내 또래의 20대 후반의 젊은 사람이었다. 10분 정도 지났을까.

힐끔힐끔 이쪽을 계속 보는 느낌이 들었다. 말을 걸 것 같았다. 아니나 다를까 곧이어 내 옆으로 자리를 옮기더니 웃으며 인사를 건넸다.

"안녕하세요. 영업사원 맞으시죠? 저는 □□제약에서 양주 담당하는 ○○○입니다."

하고 명함을 꺼내 보였다. 깜짝 놀라 얼떨결에 명함을 받고 나 역시 일어나서 인사를 했다.

'어머, 뭐야? 나한테 관심 있나? 나에게도 이런 날이 오다니! 꺅!'

나의 소속회사명을 듣더니 이내 반가운 표정을 지어 보였다.

"와! 그 회사 영업사원 중에 ○○○라는 분 아세요? 저랑 친구에요. 반갑네요! 앞으로 인사하며 지내요!"

어안이 벙벙했다. 솔직히 말하면 나에게 사심(?)이 있는 건가 싶었다. 착각은 유분수였다. 일을 하다 보니 병원대기실에서 으레 있는 일들이었다. 회사는 서로 다르지만 같은 지역 영업사원들끼리 연락을 주고받고 친해져서 서로의 정보를 공유하는 활동들이 활발했다.

정신건강의학과 병원 대기 중!
진료 중 상담까지 하는 과 특성 때문인지 타 진료과보다
대기시간이 길어지는 경우가 종종 있다.

"아~ 그 병원 원장님은 △△약만 10년째 처방해요. 스위칭(Switching, 교체)하기 쉽지 않을 걸요."

"그 병원의 ○○○ 원장님은 페이닥터(Pay Doctor, 월급제 의사)라서 처방 결정권한이 없어요. □□□ 원장이 대표원장이에요. 그분과 자주 면담해 보세요."

"○○병원 대표원장이 8월에 바뀐다는 소문이 있던데요?"

좌충우돌 영린이의 제약영업 이야기

"□□마트 옆 건물 3층에 신장내과 개원할 것 같아요. 공사 중일 텐데 방문해 보세요."

"○○이비인후과 원장은 밀가루 들어간 음식은 안 드세요. 빵 판촉하면 욕 먹어요."

옆 팀에서 일하던 선배가 △△제약회사로 이직하면서 남양주지역을 맡아 병원대기실에서 마주친 적이 있다.

"○○원장님 아메리카노 안 드셔. 달달한 라떼만 드시는데? 아마 네가 사 주는 아메리카노는 받기만 하고 안 드시거나 아니면 간호사들 줄 걸?"

신규매출을 목표로 아메리카노를 판촉물로 드리며 방문했던 거래처 의사였는데 그 얘기를 듣고 아차 싶었다. 이후 면담에서 달달한 바닐라 라떼를 드렸더니,

"이제서야 내가 마실 수 있는 걸 주시네요."라고 했던 기억이 있다.

개원한 지 6개월 된 ○○내과에 방문하여 대기할 때였다. 몇번 마주쳐서 안면이 있던 ◇◇제약회사 영업사원이 들어오는 것이다. 간단한 인사를 하고 앉아 있는데 갑자기 목소리를 낮추며 소근거렸다.

"은주 씨, 근데 이 병원에 너무 열심히 할 필요 없어. 다음달에 폐업하고 다른 지역 가서 개원한다는 소문이 파다해."

개원한 지 6개월도 안된 병원이 이전한다는 생각은 꿈에도 못했으니 열심히 방문하던 병원이었다. 게다가 매출이 점차 오르던 곳이었고 의사와 라포(Rapport, 유대관계)가 좋아 폐업한다는 이야기는 충격이었다. 조심스럽게 물어보았다.

"원장님. 당연히 아니시겠지만 혹시 병원 이전하시나요?"

"아니 어떻게 알았어? 소문 빠르네."

그래서 친해질 계기가 없더라도 영업사원들은 대기실에서 명함을 주고받으며 일부러 안면이라도 익히는 것이다. 또 하나의 이유가 더 있다. 서로가 이직하는 데 중요한 매개체가 되기 때문이다. 제약영업은 이직이 잦은 직군 중에 하나이다. A회사에서 영업을 하다가 B회사에 다니는 동료로부터 이직 추천을 받고 옮기는 경우가 빈번하다. 추천을 한 사람은 추천 인센티브를 받기도 한다. 지역에서 일 잘하고 열심히 하면 영업사원들간에 소문이 난다. 이런 사람은 높은 연봉으로 스카웃 제의를 받기도 한다(난 못 받아봤지만……).

"△△제약에 개 참 열심히 하더라."

"ㅁㅁ제약에 누구누구 잘한다더라."

오고 가는 명함 속에서 성과도 오르지만 내 연봉도 오를 수 있다는 것! 이것 역시 제약영업의 매력이다!

같은 약밥 먹는 사람끼리 너무들 하는구만

　　동네의원에 진료를 받으러 갔는데 정장을 쫙 빼입은 시커
먼 사람들이 서류가방을 들고 대기실에 앉아 있는 장면을 본 적 있
는가? 짐작했겠지만 영업사원이다. 대학병원이나 준종합병원도 마
찬가지이다. 교수와 면담을 위해 열심히 대기 중인 MR(Medical
Representative, 제약영업사원을 통칭)들의 모습이다.

　　동네의원 의사 대부분은 진료가 끝난 후 대기환자가 없다면 영업
사원과 면담을 한다(유대관계가 좋으면 대기환자가 있어도 중간에
면담을 해 주는 의사가 많다). 운 좋게 환자 없을 때 가면 10분 안에
대기가 끝나는 경우도 있지만 환자가 계속 오는 등의 타이밍을 못 맞
추면 1시간 이상 기다리기도 한다.

　　그렇게 기다려도,

　　"오늘은 죄송한데 도저히 못 만날 것 같다. 다음에 다시 와라." 하
는 경우도 있다.

　　이렇게 되면 시간은 시간대로 날리지만 면담도 못하여 이도저도
안 한 게 되어 버린다. 준종합병원 교수는 진료 외에 회진, 연구 등
다방면의 업무를 하기 때문에 면담 자체도 어렵고 시간도 짧다고 한

다(준종합병원 영업은 안 해 봐서 동료에게 들은 이야기이다). 어느 선배는 교수가 화장실 가는 틈을 이용하여 병원 복도에서 20초간의 짧은 디테일을 한 적도 있다.

남양주의 ○○내과는 매주 목요일 오후 5시부터 면담이 가능했다. 도착한 순서대로 접수처 장부에 소속회사명을 쓰면 순서대로 면담이 이루어졌다. 이 병원이 8층에 위치해 있는데 5시가 되면 엘리베이터가 7층에서 멈춘다. 계단으로 통하는 뒷문도 5시가 되면 잠긴다(병원 직원이 퇴근하면서 잠구기 때문). 나도 10분 늦게 도착하여 7층에 내려서 계단으로 올라간 적이 있다. 당시에는 잠구는 것까지는 몰랐기 때문에 열리지 않는 문에 적잖이 당황했었다.

'탕! 탕! 탕!'

"저기요! 죄송한데 문 좀 열어 주세요! 여기 사람 있어요."

이런 사정으로 4시 30분부터 대기실에는 검은 정장 무리들이 하나둘씩 많아지고, 5시가 되면 많게는 스무 명의 영업사원들이 앉아 있다. 이런 장관(?)을 보고 있노라면 동질감이 생기기도 하고 '다들 열심히 하는구나. 최근에 난 어떻게 일했지?' 하고 반성의 시간을 가지게 된다.

'오늘은 선착순 5명까지만 면담 가능.'

이라는 조건이 생길 때도 간혹 있다. 이렇게 되면 6번째부터 도착한 사람들은 아쉽게 발을 돌린다. 이렇듯 영업사원에게 면담대기시간은 그날 하루 일정에 변화를 주고 나아가 성과까지 영향을 미친다.

동종업계 혹은 같은 회사 직원 간 익명으로 자유롭게 의견을 게시하는 애플리케이션(Application)이 있다. 익명으로 작성해서 솔직한 이야기들이 오간다. 회사 험담이 많지만 개인사 고민, 이직 전 회사

평판 문의를 해결해 주는 유익한 글들도 많다. 나는 제약회사 소속직원이기 때문에 '제약&바이오' 업종의 사람들이 글을 올리는 게시판을 볼 수 있다. 얼마 전 어느 익명의 영업사원이 올린 글이 게시판에서 화제가 되었다.

같은 약밥 먹는 사람들끼리
최소한의 예의는 지킵시다.

오늘 어처구니 없는 일이 있었습니다. 저보다 늦게 병원에 도착해서 대기 중인 ○○제약 영업사원을 간호조무사분이 먼저 호명하였는데, 그 영업사원은 제가 먼저 온 것을 알고 있음에도 면담을 하러 진료실로 들어가더군요. 간호조무사분은 일하느라 바빠 정신없어서 실수를 했다고 쳐도 그 영업사원은 본인보다 먼저 온 사람이 있다고 이야기를 할 수 있었습니다. 아니면 면담을 끝내고 저에게 간단한 사과의 한마디라도 했어야 하는 거 아닌가요? 본인 시간만 급한 거 아닙니다. 같은 약밥 먹는 사람들끼리 최소한의 매너와 예의는 지킵시다. ○○제약회사 이름에 먹칠하지 마시길 바랍니다.

순식간에 수십 개의 댓글이 달렸다.

– 새치기한 사람이 신입사원이라 뭘 몰라서 그러지 않았을까? 글쓴이가 이해해 줘라.

- 간호사가 순서를 잘못 호명했으니 간호사의 잘못으로 봐야 한다.
- 새치기도 그 친구의 능력이고 운이다.
- 대기시간 소중한 걸 알 만한 같은 업계 사람이 그럴 수가 있나? 화날 만하다.
- 나도 이런 일 겪은 적 있다! 다들 매너 있게 일하자.
- 새치기한 제약회사 직원선배들이 이 글을 본다면 따끔하게 혼내 주어라!

말은 안 해도 그 업에서 관행처럼 이어지는 규칙들이 있다. 보이지 않아도, 언급하지 않아도 지켜야 하는 기본매너. 1분도 안 될 면담을 위해 30분, 1시간을 달려와서 기다리는 사람이 대부분이다. 그 중요함을 익히 잘 알고 있을 업계 동료가 새치기 면담을 한다면 화나고 어이없을 상황이 이해가 간다.

나도 같은 상황을 겪었다. 내가 먼저 대기하고 있었지만 뒤늦게 온 초면의 남자영업사원이 먼저 들어간 것이다. 하지만 그분은 면담을 끝내고 나와서 나에게 다가와 자초지종을 설명했다.

"죄송합니다. 원장님이 급하게 요청한 자료가 있는데, 그거 전달받으시려고 저를 먼저 호명해 주셨어요. 양해 부탁드립니다."

사정과 함께 사과를 들으니 오히려 충분히 있을 법한 상황이어서 이해가 되고 기분까지 좋아졌었다.

반대의 상황도 있었다. 앞서 대기하던 □□제약회사 영업사원을 놔두고 의사가 나를 먼저 호명한 것이다.

"○○제약 신은주 선생님, 진료실 들어가세요."

"어! 간호사 선생님. 저보다 저분이 먼저 오셨어요!"

"네, 알고 있어요. 저분은 PM(Product Manager, 제품 마케팅 담당자)과 함께 제품설명회 하러 오신 분이라 면담시간이 길어질 것 같아서 먼저 부른 거예요."

나도 모르게 죄송한 표정으로 먼저 온 영업사원을 쳐다보았다. 오히려 웃으며 흔쾌히 먼저 들어가도 된다고 대답해 주었다.

억울한 상황도 있었다. 병원이 고층에 위치하면 간혹 운동 삼아 계단으로 성큼성큼 걸어 다니곤 했다. 분명 병원 도착은 내가 먼저 해서 계단으로 올라가고 있었는데 1층에서 마주친 타사 영업사원은 엘리베이터를 타고 가서 대기실에 먼저 도착을 한 것이다. 몇 초 차이였지만 그 사람은 대기부터 면담까지 30분 만에 끝났다. 그 30분 사이에 들어온 많은 환자들에 의해 결국 나는 한 시간을 기다려 면담을 했다. 그 친구가 잘못한 건 없다. 하지만 뭔가 억울하고 아쉬운 그런 느낌이었다. 어쩌겠는가? 엘리베이터 안 탄 내 잘못이지! 그 일 이후 운동은 여가시간에 따로 하고 엘리베이터를 적극 애용하게 된 것은 비밀이다.

제약영업을 바라보는 시선과 독백

제약영업은 빡세다?

　나 역시 대부분의 사람들이 가지고 있는 인식으로 제약영업을 바라보았다. 속된 말로 표현하자면 '빡센 일' 그래서 '남자들이 대부분 하는 일' '접대 많이 하는 일' '리베이트' 등등……

　인생이란 예상치 못하게 흘러가기도 한다. 제약영업 이전에 근무했던 벤처기업에서 약 3년간 인사업무를 했었다. HR전문가가 되는 것이 장기적 커리어 목표였다. 그래서 지금의 제약회사에도 인사팀으로 입사지원을 하고 면접을 봤다.

　하지만 당시 거주지였던 도봉구 영업사원의 퇴사로 T.O가 발생한 상황이었고 인사팀장은 '영업은 제약회사 인사업무를 수행하는 데에도 중요한 경험이 될 것'이라며 영업직 근무를 제안하였다. 다만 이렇게 오래 할 줄은 나도, 인사팀장도 몰랐다.

　지인들이 자주 물어보던 질문 중 하나였다.

　"제약영업 진짜 빡세다던데…… 실제로 해 보니 어때?"

　제약영업이 만만치 않다는 인식을 주는 원인이 무얼까 생각해 보니 그중 하나는 '접대'이다. 이 접대는 술과 여자가 포함된 의미일 것이다. 사실 나도 그렇고 내 남자친구도 그렇고 이 부분을 제일 먼저 염려했다. 결론을 이야기하면 괜한 걱정이었다. 이전 회사의 회식에 비하면 영업하며 했던 술자리는 오히려 1/3으로 줄었다. 나는 또래 여성 대비 술을 잘 마시는 편이고(주량: 소주 1병 반~최대 2병), 그런 분위기와 모임을 즐기는 편인데도 말이다. 그만큼 술 많이 마시고 접대 자주 하는 일이 아니라는 것.

격렬하게 마셔댔던 날들

남자의사는 여성영업사원에게 술, 접대 같은 단어는 꺼내지도 않는다. 말 한마디도 조심스러워한다. 미투(Me too) 사건이 불거지던 사회적 상황도 한몫했을 것이다. 여자의사는 술 자체를 좋아하지 않는다. 사실 요즘은 '접대'라는 단어도 구시대적인 느낌으로 잘 쓰지 않는다. 굳이 술 한잔을 하고 싶다면 저녁 제품설명회를 한다. 의사들을 대상으로 제품 효능, 기전, 성분, 용법용량, 부작용, 처방기준, 학술자료 등 제품에 대한 전반적인 설명회를 하는 자리인데 식사나 간단한 술자리도 할 수 있기 때문이다.

제품설명회에서는 술을 많이 마시지 않느냐? 답은 YES이다. 술을 잘 먹지도 않고 서로 권하지도 않고, 빨리 파하는 분위기로 바뀌고 있다. 오히려 내가 술 한잔 더 하고 싶은데 자리가 빨리 끝나서 아쉬웠던 적도 있다. 게다가 제품설명회를 열기 전 한국제약바이오협회를 통해 참석자, 장소, 시간, 제품명, 주최회사를 사전 등록해야 한다. 심지어 제품설명회 장면을 날짜와 시간이 표기되는 사진으로 남겨서 회사에 증빙자료로 제출한다. 날짜와 시간이 표기되는 사진은 스마트폰의 안드로이드 어플을 사용하면 가능하다. 그래서 도우미라든지 룸살롱 같은 접대성 짙은 장소에서 할 수 없다.

오후 5시 30분에 진료를 마치는 □□외과병원이 있었다. 10명이 넘는 다양한 진료과 의사들이 참여했고 중국음식 레스토랑에서 반주(飯酒)를 겸하는 제품설명회를 했는데 1시간 30분 만에 자리가 끝나서 당황한 경우도 있다.

같은 동네의 개원의 모임, 대학동문 모임, 진료과별 모임, 골프나 축구 같은 취미 모임들이 의사들 사이에는 활발하다. 이런 모임별로 제품설명회를 자주 진행한다. 문제는 이 제품설명회를 어느 영업사원이 주최하느냐다. 제품설명회는 매출성과와 관련된 중요한 자리이기 때문이다. 보통 저런 모임의 총무나 회장을 하는 의사와 유대가 강한 영업사원이 주최 기회를 가진다. 모임 여부를 알아내고 제품설명회를 진행해서 처방을 유도하기까지가 영업사원의 핵심 업무이다. 그만큼 어렵다. 한 달에 제품설명회 3~4번 하는 영업사원이 있다면 일 잘하는 친구라고 보면 된다.

'아. 차라리 접대 같은 거 한번 하는 게 낫지. 제품설명회는 하고 싶어도 기회조차 잡기 힘드니, 원.'

오죽하면 이런 생각까지 했다.

소아청소년과 제품설명회

제약영업이 만만치 않다는 인식을 주는 것 중에 또 하나는 '실적압박'이다. 이건 부정하지 않겠다. 압박 자체가 주는 스트레스는 어쩔 수 없다. 모든 업종의 영업이 그럴 거다. 실적을 올리기 위해서는 무엇이든 해야 한다는 생각이 만연하다. 나 역시 여기에서 자유로울 수 없었고 지금도 그렇다. 그럼에도 내가 이러한 실적압박을 견딜 수 있었던 팁은 간단했다.

'Simple is the best'

'4분기 A제품 300만 원 증량'이라는 목표가 주어졌다고 가정하면,

그 분기의 영업활동 80%는 A제품에 올인(All In)한다. 가는 병원마다 주구장창 A제품에 대한 디테일(Detail, 제품소개)과 제품설명회를 하고, 판촉물에도 A제품 홍보스티커를 붙이며 의사의 눈과 귀와 손에 A제품을 최대한 노출시킨다. 나머지 20%는 내가 잘 팔 자신이 있는 B제품에 집중한다. A제품 목표 미달인 경우를 대비하여 차선책으로 B제품의 실적 증량이라는 추가적인 목표를 스스로에게 주는 것이다.

다행히 A제품 목표달성을 했다면 축하할 일이다. 하지만 못하면 어떻게 될까? 뭘 어떻게 되겠는가? 깨지는 거지. 깨지고 혼나더라도 나름 할 말은 있다.

'A제품 100% 목표 달성은 못했지만 B제품도 열심히 해서 이 정도 성과를 달성했습니다.'

B제품으로 만회하였다고 어필하는 것이다. 그런데 두 가지 제품 모두 목표달성을 실패했다? 그때는 뭐 엄청 깨지는 거다. 어쩔 수 없다. 깨지면 다음을 기약한다.

'아쉽지만 나는 최선을 다했다. 다음 분기를 노려 보자. 어떻게 준비해야 할까?'

회사도 사람 사는 곳이라서 기회를 준다(단, 너무 많은 기회를 준다고 생각하지 말 것). 그 다음을 위해 전략을 재설계한다. 누군가는 이런 방식을 편법이라고 한다. 그럴지도. 하지만 본인의 멘탈(Mental, 정신력)을 잡을 수 있는 자기만의 영업가치관과 나름의 기준이 있어야 좌절감, 허망함, 패배감을 이겨내고 다음 일을 할 수 있다.

제약영업에 10년, 20년간 종사해 온 선배들에게 오래 근무한 비결을 물어본 적이 있다.

10년 경력 과장님은 이렇게 말씀하셨다.

"음~? 먹고살려면 해야지. 애가 셋이다. 하게 되더라 은주야."

농담 반, 진담 반의 이야기인데 어쩜 그리 간결하면서도 마음에 와 닿았는지 모른다.

다른 팀 팀장은 이런 이야기를 해 주었다.

"난 10년 넘게 일하면서 힘들다고 느껴 본 적이 한 번도 없었어. 오히려 천직이라고 생각이 들 정도야. 난 더 오래할 거야."

그래서 내 결론은 이렇다.

"제약영업? 빡센 것 맞다. 근데 그건 네가 하기 나름이다!"

여성병원 런천미팅 중

여자영업사원이라서 이건 좋았다?

　남자영업사원 대비, 의사에게 나의 존재감을 더 어필할 수 있다는 것이다. 그도 그럴 것이 영업사원 종사자 80%가 남성이고, 더욱이 담당 지역의 여자영업사원은 5명 이내로 손꼽았기 때문이다.

　의사가 영업사원을 기억한다는 건 나아가 회사명과 제품까지도 연관하여 기억한다는 것이기 때문에 중요하다. 외국계 자본회사까지 포함하면 국내에는 100여 개의 제약회사가 있다. 하루에도 수십 명의 영업사원이 병원에 방문하여 의사와 면담하기를 바란다. 그중 대부분이 남자영업사원이고, 비슷하게 생긴 정장을 입고 방문하면 잘생긴 외모의 소유자가 아닌 이상 몇 번의 짧은 만남으로 영업사원을 기억하기 쉽지 않다. 그래서 여성이라는 것만으로도 깊은 인상을 남기기 수월했다.

　"아! 왜 그 머리 노랗게 염색하고 엄청 활발한 여자 있잖아~"

　"아~ ○○제약 신은주 씨요?"

　반면, 실수를 하거나 업무를 잘못 처리했을 때의 부정적 기억도 남들보다 더 오래 간다는 점도 함께이다. 남자의사는 같은 남자영업사원에게는 편하게 대하는 경향이 있지만, 여자영업사원에게는 조심스럽게 대하고 친절하게 이야기해 준다. 50대 후반의 내과 의사와 면담을 하던 도중이었다.

"원장님! 처방케이스가 있으면 저희 회사 제품으로 고려 부탁드립니다. 저 이제 시집갈 나이인데 인센티브 받고 시집가고 싶어요 원장님. 시집 좀 보내주세요."

이런 식의 애교 반, 농담 반의 영업멘트를 했었다.

"내가 이 약 처방하면 시집갈 수 있는 거예요? 이야기가 또 그렇게 연결되나? 허허."

화기애애한 분위기로 면담을 마치고 진료실을 나왔었다. 마침 안면 있는 □□제약회사 영업사원이 대기실에 앉아 있어서 인사를 나누었다.

"와~ 이 원장님 농담 안 하고, 안 웃으시기로 영업사원들 사이에서 유명하신 분인데 웃음소리가 들려서 놀랐어요. 여자라서 더 상냥하게 해 주시나?"

우리 회사와 거래가 전혀 없는 양주의 가정의학과에 처음 방문을 했을 때였다. 회사 소개, 자기소개를 하고 대표 제품에 대한 전반적 디테일을 끝마쳤다.

"이야기 잘 들었어요. 우선 와 줘서 고마워요. 그렇지만 저희는 이미 오래전부터 쓰고 있는 약들이 있고 거래하는 회사가 있어요. 그래서 새로 오시는 영업사원들은 일절 안 만나요. 그런데 밖에 소리를 들어 보니 여자분인 것 같아서 앞으로 수고스럽게 방문하지 않아도 된다고 이야기해 주려고 오늘만 면담했어요. 미안해요."

이때는 여자라서라기보다는 딸 같아 보여서 배려해 주는 느낌이 더 크긴 했다. 일반화하지는 않겠다. 다만 나의 경험상, 또 주변 동료들이 일을 하며 알게 모르게 느껴왔던 부분들이니까.

여자영업사원이라서 이건 좀 한계였다?

일을 시작한 지 3년이 넘어가면서 주변 사람들로부터 '독하다'는 소리를 몇 번 들었다. 생각보다 오래 근무하는, 아니 어쩌면 짤리지 않고 오래 버티는 내가 신기했나 보다.

당시 소속회사의 여자영업사원 평균 근속년수는 약 2년 정도였다. 그쯤 되면 이직을 하던가, 공무원 시험 준비 같은 전혀 다른 일을 준비하는 모습을 종종 보았다. 독종 소리 몇 번 들은 나였지만 일하면서 한계를 느꼈던 적도 있었다.

그중에 "아. 이건 내가 여자라서 그런가?" 하고 느낀 부분을 이야기하겠다.

첫 번째로는 장거리 운전에 대한 피로도와 체력 소모가 심했다는 것.

나는 남양주시와 양주시 2개 지역을 혼자 담당했다. 서울 면적이 605㎢인데 양주 면적이 310.36㎢, 남양주 면적이 458㎢이다. 서울에 버금가는 지역을 혼자 빨빨거리고 잘 돌아다닌 거다. 물론 하루에 양주와 남양주를 모두 오가는 경우가 흔하지는 않지만 지역 자체가 넓다 보니 이동거리가 길고 운전도 오래 할 수밖에 없었다. 병원 간 거리가 왕복 80km가 넘는 경우도 있었다.

강남 찍고! 남양주 찍고! 양주 찍고!
매일 늘어나는 운전실력!

더위가 완전히 가시지 않았던 2017년 9월의 어느 금요일이었다. 사무실 아침출근이 있는 날이었는데 남양주 내과에서 런천미팅도 있었기 때문에 강남에서 도시락 픽업까지 해야 했다. 하필 마무리할 서류작업도 많아서 평소보다 늦게 출장을 나갔다. 차는 또 왜 이렇게 막히던지. 부랴부랴 도시락을 픽업하고 출발하며 시계를 보니 11시 40분이 지나고 있었다. 병원 점심시간인 1시부터 제품설명회를 시작해야 하니 늦어도 10분 전에는 도착해서 발표준비를 마쳤어야 했다. 게다가 그 병원은 4명의 의사가 진료하고 있었기 때문에 제품설명회

참석을 한번 더 상기시키기 위해 4개의 진료실을 돌며 인사도 드려야 했다. 간혹 그날 일정을 깜빡하고 식사하러 출타하는 분들도 있기 때문이다.

이 모든 것을 완수하려면 적어도 12시 30분에는 도착을 해야 했다. 남들은 40분이면 갈 수 있는 거리이지만 당시 운전을 시작한 지 8개월밖에 되지 않은 느림보 초보운전사였다. 1시간 이상 더 걸릴 수 있겠다 생각하니 식은땀이 흘렀다. 결국 내 생에 처음으로 100km/h까지 속도를 내 본 날이 되었다. 몸집도 작고 가벼운 경차가 그 속도가 되니 붕 뜨는 것 같은 착각마저 느껴졌다. 무서움은 잠깐이었다. 제시간 내에 도착하자는 목적이 강했다. 결국 45분에 도착하고 말았지만 말이다.

15분 만에 부랴부랴 준비를 끝내고 제품설명회도 무사히 마치니 오후 2시가 다 되었다. 한숨 돌릴 시간이 없었다. 3시 전까지 양주의 □□소아청소년과 의사에게 논문자료를 전달 드리기로 약속한 날이었기 때문이다. 얼른 넘어가야 했다. 점심은 건너뛰고 차에 시동을 걸어 양주로 향했다. 3시가 넘어가면 하원하거나 하교하는 소아 환자가 많아져서 면담대기가 길어질 수도 있었다. 다행히 2시 45분쯤 도착하여 대기한 지 5분도 안되어 빠르게 일을 마쳤다.

"자료 잘 볼게요. 고마워요."

업무를 끝내고 병원 지하에 주차한 차에 앉으니 그제서야 피곤함이 확 몰려왔다. 배도 안 고팠다. 운전석 의자를 비스듬하게 눕히고 기지개를 쫘악 켜니 몸이 의자에 달라붙는 것 같은 노곤함이 느껴졌다.

'10분만 쉬고 일어나자.'

'10분이 왜 이렇게 빨리 지나가? 10분만 더……'

'20분만…… 더……'

지하 주차장이라 주변이 어둑어둑하니 더욱 정신 차리기가 힘들었다. 아마 점심식사를 하고 차에 누웠다면 몸이 더 무거워져 그날로 업무를 자체 종료했을지도 모른다. 그렇게 한 시간을 뒹굴거리다가 겨우 몸을 일으켰다.

처음에는 이러한 피곤함을 느끼는 스스로가 이해되지 않았다.

'아직 20대라 나이도 젊고, 그렇다고 걸어 다니는 것도 아닌데 왜 몸이 금방 지칠까? 왜 금방 피곤해질까? 같은 지역 담당하는 타회사 남자동료들은 나처럼 피곤해하진 않던데……'

그 원인을 '여자'이기 때문이라고 생각했다. 여자와 남자간 신체질량을 구성하는 지방, 근육의 차이가 있고 그에 따라 체력과 힘도 다르기 때문에 동일한 상황이라도 느끼는 피로와 버틸 수 있는 체력이 다르다고 말이다. 진짜 그런 차이가 있는지 의학적으로는 모르겠지만 말이다.

두 번째는 외로움이었다. 우리 회사 영업직군은 여자동료가 소수였다. 일한 지 5개월쯤 되었을 때 그마저 있던 같은 팀 여자선배 2명은 퇴사하고, 옆 팀의 여자동료 2명도 1년이 안되어 퇴사했다. 그 후 영업직 전국 인원 약 150명에서 여자사원은 5명이 되었고 서울 사무소에서는 나 혼자였다. 그나마 나중에 타회사 여자동료를 몇 명 알게 되었지만 업무특성상 자주 볼 수 없었다. 물론 주변 남자동료들과 매우 친했고 친절하게 대해 주었지만 그렇게 충족되는 외로움이 아니었다. 같은 성별끼리 할 수 있는 업무적 고민, 공감대가 있는데 그에 대한 대화나 소통창구가 없으니 오는 특유의 외로움이었다. 이야기하다 보니 한계점이라기보다는 아쉬움이라는 표현이 적합하겠다.

나는 혼자 무언가 하는 것을 좋아한다. 외동딸이므로 어린 시절부터 '혼자'에 오히려 익숙하다(학종이 따먹기, 공기놀이도 홀로 역할극을 나누어 했었다). 처음 이 일을 시작할 때는,

'사무실이라는 제한된 공간에 사람들이랑 부딪히며 일하지 않아도 되는구나. 나에게 최적화된 일!'

이라며 혼자 하는 이 일이 나한테 딱이구나 싶었다. 외딴 곳에 여행 가서 혼자 몇 시간씩 사색하는 게 내 취미 중에 하나이기도 하다. 이러한 성향임에도 불구하고 느껴졌던 외로움이었다.

나에게는 없고, 남들에게는 있던 2%

    나는 눈치와 센스가 없어도 너무 없다. 특히 눈치가 빵점이었다. 영업을 몇 년 했음에도 잘 늘지 않는 스킬이다. 성향 자체가 그 부분에 무던한 것도 한 몫 하겠지만 말이다. 하지만 제약영업은 다양한 사람을 만나는 일이다 보니 상대방이 어떠한 성향의 사람인지, 무엇을 원하는지, 내가 어떻게 말해 주고 행동하길 요구하는지 빠르게 알아차리고 실행에 옮기는 것이 중요하다. 중요를 넘어 매출까지 영향을 미친다.

    "아휴, 피곤해."

    진료실에 들어서자마자 인사 대신 들려온 의사의 첫 마디에 무슨 일인가 싶었다.

    "오전부터 환자가 많으셨나 보네요. 원장님."

    "아니, 그게 아니고 방금 나간 영업사원 있잖아. 사람은 좋은데 눈치가 조금 없어.

    내가 지금 글 쓰는 게 있어서 조금 바쁜데 레퍼런스(Reference) 이야기만 20분 넘게 하고 가네. 오늘은 면담 짧게 끝내 달라고 그렇게 눈치를 줬는데도 말이야. 잘 쓰고 있는 약인데도 저러면 괜히 쓰기

싫어진다니까."

　상황을 짐작해 보면, 바쁜 의사를 앞에 두고 임상자료에 대한 이야기를 A부터 Z까지 장황하게 설명했을 것이다. 어떤 저명한 학술지에 게시된 레퍼런스(Reference)인지부터 임상 대상 환자군, 참여센터 개수, 임상결과에 따른 약의 효능까지 말이다. 의사가 내게 이런 이야기를 했다는 것은 '너도 오늘 면담 짧게 끝내라'라는 무언의 메시지이리라.

　사실 나 역시 제품 디테일을 하려고 논문자료를 가방에 잔뜩 챙겨 왔었기 때문에 뜨끔했다. 결국 준비해 온 자료는 꺼내지도 못하고 진료실에 들어간 지 3분 만에 해피콜(Happy Call, 인사성의 단순방문)로 마무리를 했다.

　진료실을 나오는데 머리를 한 대 맞는 것 같은 느낌이었다. 왜냐하면 나 역시도 그동안 여러 의사에게 내가 암기한 임상자료 내용을 주구장창 설명하고 뿌듯해했던 일들이 여러 번이었기 때문이다. 의사가 모르던 레퍼런스(Reference) 자료를 내가 암기해서 내가 알려주었다는 뿌듯함만 당시에는 느꼈지 의사가 듣고 싶어 하는 이야기일지, 의사가 들을 수 있는 컨디션이었는지 상황을 살피진 않았다. 지난날의 모습이 주마등처럼 스쳐 지나가니 부끄러움이 한꺼번에 몰려왔다.

　'나도 저렇게 눈치 없는 MR(Medical Representative, 제약영업사원을 통칭)이었겠지? 왜 이걸 이제서야 깨달은 걸까?'

　영업사원은 의사에게 하고 싶은 말이 많다. 우리 제품이 얼마나 좋은 약인지, 드라마틱한 임상결과를 얼마나 많이 가지고 있는지 말이다. 하지만 말할 수 있는 여건과 분위기가 되는지 눈치를 보고 조절하여 말하는 센스가 더 중요하다. 앞의 영업사원은 눈치가 없어서 오히려 스스로 매출을 깎아먹은 경우이다(나 역시 그래왔겠지만 말이다).

그 후부터 면담 전에는 병원분위기, 진료실 상황, 의사의 표정을 세밀히 살피게 되었다.

'대기실에 환자 들어오는 분위기상 오늘은 5분 이상 디테일은 힘들겠구나.'

'병원 분위기가 한가하니 임상 자료 전달 드리면서 원장님이랑 학술적인 토론 좀 해 볼까?'

(한낱 영업사원이 어떻게 의사와 학술적인 토론이 가능하겠는가? 혼자 제품 공부하다가 궁금했던 내용을 질문하고 답변을 듣는 방식으로 의학 기초 공부를 한다는 의미이다.)

'책상에 검진결과 서류가 잔뜩 쌓여 있네. 바쁘실 텐데 해피콜로 마무리하자.'

남양주 어느 내과에서는 이런 일들이 몇 번 있었는지 접수처 직원이 영업사원들에게 미리 귀뜸을 해 주었다.

"오늘은 원장님이 논문 쓰고 계시니 긴 면담 자제 부탁드립니다."

"연말이라 건강검진이 몰려서 오후에 다시 오는 게 면담하기 수월하실 거예요."

눈치, 센스 빵점인 나 같은 영업사원에게는 감사한 일이다.

의사들의 사적 모임을 기가 막히게 잘 알아내서 제품설명회를 자주 하던 선배에게 비결이 무엇인지 물어보았던 적이 있는데,

"병원에 들어가면 진료실에 의사 연혁 붙어 있잖아. 거기 보면 과거 근무한 병원이 어디인지부터 출신 대학까지 자세히 나와 있어. 같

은 동문 출신들이 어느 병원에 의사로 있는지 파악하면 모임도 쉽게
알 수 있어. 모임이 없으면 네가 주선자가 되어 새로운 모임을 만드
는 것도 방법이고 말이야."

그렇게 많은 병원을 돌아다니면서 대기실에 흔하게 걸려 있는 의
사연혁을 왜 활용하지 못했을까? 나의 부족한 센스를 새삼 느꼈다.
이런 스킬이 부족하다 보니 성실함, 꾸준함, 노력을 어필(Appeal)하
는 영업스타일로 자연스레 바뀌었다.

이런 영업스타일은 몸이 피곤하다. 정해진 시간에 정해진 거래처
를 정기적으로 방문해야 하는 건 기본이요, 감성영업을 위한 판촉물
을 구상하고 때론 직접 만들다 보니 몸과 마음이 늘 바쁘다. 내가 의
사를 네 번이나 면담해서 디테일해야 이룰 수 있는 매출 목표를, 눈
치코치 센스만점 영업사원은 한 번의 면담으로도 끝낼 수 있는 것이
다. 한마디로 '짧고 굵은 한 방'의 면담을 하니 몸이 바쁠 일이 상대적
으로 덜하다. 이런 스타일의 영업을 하던 △△제약회사 영업사원 선
배가 있었다. 그 선배는 거래처를 한 달에 한 번, 어떤 때는 2~3개월
에 한 번 방문하기도 했다. 그럼에도 한결같이 실적이 좋아 아주 잘
나가는 선배였다. 늘 여유가 넘치는 선배와는 달리 늘 바쁘고 정신없
고 산만한 나였다.

"너는 어떻게 그렇게 거래처에 자주 가냐? 그렇게 매번 가는데도
대화 거리가 있어? 너무 자주 가지마. 네가 오히려 제품에 지친다. 오
래 봐야지 오래."

"선배는 어떻게 그렇게 가끔 가는데도 임팩트(Impact) 있게 잘 하
세요? 저도 그럴 수 있으면 좋겠어요."

서로가 서로를 신기해했다.

25화

제약영업 이후의 삶

제약영업을 하면서 달라진 점 중 하나는, 사람에게 다가갈 때 겁이 없어졌다는 거다. 사회적 지위가 높은 사람, 처음 만나는 사람, 말수가 적어서 대화를 이어 나가기 어려운 사람이든 말이다. 한마디로 친한 척을 잘한다고 해야 할까? 어떻게 보면 뻔뻔함이 늘어난 것 같기도 하다. 병원에 무작정 들어가 처음 보는 의사에게도 웃으며 살갑게 대하는 영업방식이 몸에 밴 덕분이다.

또 하나는, 누군가와 대화를 할 때 포지션(Position)이 리스너(Listener)가 된다는 것이다(이렇게 듣다 보니 상대방의 말투와 표정 몸짓을 통해 어떠한 성향의 사람인지 분석하고 파악하려는 습관까지 생겼다). 면담할 때 의사 근황, 가정사, 고민거리를 많이 들어주고, 공감하며, 나의 경험을 빗대어 조언을 해 드린 적이 많았기 때문이다. 약 얘기는 안 하고 저런 이야기는 왜 했나 싶겠지만 의사는 진료를 할 때 환자의 이야기를 들어주는 입장이다. 특히 내과나 정형외과 같이 중장년층 연령대의 환자가 많은 진료과는 더욱 그렇다. 병원에서 대기를 하다 보면 할머니, 할아버지의 진료실 안 대화가 울려서 들리는 경우가 있다.

"아이고~ 며칠 전부터 여기가 쑤셔 죽겠어."

통증 호소를 시작으로 가족사 이야기까지 진료 겸 상담(?)이 되는 경우가 많다. 그러다 보니 의사들은 환자의 이야기를 듣는 입장이다. 나는 이것을 나의 영업방식에 활용하였다. 심리적으로 사람은 자기 이야기를 하는 것을 좋아하고 들어주는 사람에게 호감을 느낀다. 의사도 사람인데 일하면서 하소연하고 싶은 경우가 없겠는가? 그래서 제품 디테일 할 때 빼고는 의사 목소리를 들어주는 역할을 많이 했다.

또 하나는 리액션(Reaction, 반응)이 풍부해졌다. 조그마한 성과에도 감사와 기쁨을 표현하는 제스처(Gesture)와 표정을 다양하게 짓고 목소리도 크게 냈기 때문이다. 남들이 보면 '유난스럽다.' '쟤 또 오버한다.'고 할 수 있을 정도로 말이다.

"우와 원장님! 지난달에 저희 ㅇㅇ제품 처방해 주셨네요! 정말 감사합니다. 이 은혜를 소녀가 어찌 갚아야 할까요?"

"원장님. 제 절 한번 받으세요." (실제로 절을 했다.)

"원장님 덕분에 저는 이번 달에도 안 짤리고 회사에 다닐 수 있습니다."

성과와 연관된 의사의 배려나 사소한 한마디에도 감사함과 존경을 표하는 리액션을 자주 하다 보니 친구, 친척, 직장동료의 고민을 들어주고 공감해 주는 리액션도 늘어났다(이걸 익히 간파한 가까운 지인들은 영혼 없는 리액션이라고 놀리곤 한다).

삶의 질을 바꾼 인생의 가장 큰 변화는 사실 '운전'이다. 7년 넘는 기간 동안 사귀고 있는 남자친구는 업무 특성상 운전할 일이 없어서 아직까지는 내가 조금 더 운전을 잘한다. 그래서 여행, 장거리 데이

좌충우돌 영린이의 제약영업 이야기

트에 필요한 운전기사는 내가 도맡아 하고 있다. 제약영업을 안 했다면 평생 운전을 안 했을 거라 장담한다. 내가 원할 때 가고 싶은 곳에 편하게 이동할 수 있다는 것은 대중교통만을 이용하던 이전과는 다른 세상이었다. 운전 이후 높아진 삶의 질을 경험해 보니 어떤 일을 시작하기 전에 조금이라도 맘에 안 드는 부분이 있으면 '저건 해도 별로일 거야.'라는 식으로 치부하고 안 하려고 했던 행동방식이, '후회할 때 하더라도 우선 해 보자. Just do it! 좋을 수도 있잖아?'로 바뀌게 되었다.

올라갈 모든 계단을 보고 지레 겁부터 먹는 것이 아닌, 당장 내 눈앞에 보이는 한 개의 계단에 발부터 올리고 무작정 걷기부터 하게 된 것이다.

나에게 제약영업은 참 감사하고 소중한 기회이다. 앞으로 또 어떤 '제2의 제약영업' 같은 경험이 내 인생을 바꾸어 줄지 벌써부터 설렌다.

제약영업. 더할 나위 없었다.

좌충우돌 영린이의 제약영업 이야기

영업현장 순간포착!

대한수면학회 정기학술대회 부스 지원!
부스 담당자로서 참석자들에게 제품소개도 하고
Reference 자료도 전달 드리고! 바쁘다 바빠!

좌충우돌 영린이의 제약영업 이야기

제품설명회 끝나고 늦은 저녁 퇴근길.
술 한잔해서 대리기사님 운전 중.
조수석에서 바라보는 퇴근길 풍경에
취해 버렸다.

사무실에서 서류업무 작업 중!
이제 곧 출장 나갑니다!

좌충우돌 영린이의 제약영업 이야기

4분기 영업 집체교육(POA, Plan Of Action) 시
본부대표로 발표한 제품 PT

150명의 베테랑 영업사원 선후배님들 앞에서!
너무 떨렸다!

7월 한여름 장마철
억수같이 쏟아지는 비를 피해
카페에서 커피 한잔. 낭만 있지?

좌충우돌 영린이의 제약영업 이야기

오늘은 분기실적 브리핑 하는 날!
외근을 서둘러 마치고 사무실 복귀하여
발표 연습 중!

아시아태평양 소화기학술대회(APDW & KDDW) 부스 지원!
외국인 참석자도 많아서 너무 떨렸다! 손짓발짓 총 동원!

좌충우돌 영린이의 제약영업 이야기

단합을 위한 즐거운 팀 회식!
업무 스트레스도 선배, 동료들과 함께라면
얼마든지 날릴 수 있다!

제품 심포지엄 행사 중

좌충우돌 영린이의 제약영업 이야기

영업사원 담당지역의 의사가 몇 명이 왔는지
동료들 간에도 은근 경쟁이 된다!
참석자 수가 영업사원과 의사 간 라포(Rapport, 유대관계)
수준을 증명하기도 하니까!

영업현장 순간포착!

1등 여성 MR이 말하는 제약 영업의 정석은

노병철 기자 2019-09-11 06:00:28

ㅣ [DP인터뷰][인터뷰] 신은주 사원(제약 영업팀)

▲ 신은주 영업사원

[데일리팜=노병철 기자] "목표를 달성하기 위해서는 흔들림 없는 자기만의 굳은 의지와 신념이 필수요건이라고 생각해요. 최고 보다는 최선을 다한다는 마음가짐으로 병의원 디테일 현장을 뛰고 있습니다."

제약 신은주(29) MR은 지난해 월간 실적 1억원을 넘기며 사내 '1등 영업사원'에 당당히 이름을 올렸다.

이 같은 매출은   제약 여성 영업사원으로서는 역대 최고 실적이다. 아직 입사 3년 차 신입에 가까운 경력이지만 ETC 영업사원 150명 중 톱10에 드는 우수한 재원으로 평가받고 있다.

2016년   제약 인사팀으로 입사했지만 특유의 붙임성과 활발한 성격으로 영업현장으로 재배치돼 남다른 기량을 발휘하고 있다.

여자사원들 중 회사 대표로
언론사에서 인터뷰도 했다.
참 감사한 기회였다.
살아생전 이 기사를 어머니가 봤다면
얼마나 기뻐하셨을까?
'아이고, 내 새끼 장하네!'

좌충우돌
영린이의
제약영업 이야기

ⓒ 신은주, 2021

초판 1쇄 발행 2021년 5월 20일

지은이   신은주
펴낸이   이기봉
편집   좋은땅 편집팀
펴낸곳   도서출판 좋은땅
주소   서울 마포구 성지길 25 보광빌딩 2층
전화   02)374-8616~7
팩스   02)374-8614
이메일   gworldbook@naver.com
홈페이지   www.g-world.co.kr

ISBN   979-11-6649-763-6 (03810)